缘缘堂书系
丰子恺插图本

缘缘堂新笔

丰子恺 著

图书在版编目(CIP)数据

缘缘堂新笔/丰子恺著. —北京:人民文学出版社,2022
(缘缘堂书系·丰子恺插图本)
ISBN 978-7-02-010965-4

Ⅰ. ①缘… Ⅱ. ①丰… Ⅲ. ①散文集—中国—现代 Ⅳ. ①I266

中国版本图书馆 CIP 数据核字(2021)第 237626 号

责任编辑 杜 丽 陈 悦
装帧设计 刘 远
责任校对 王筱盈
责任印制 宋佳月

出版发行 人民文学出版社
社　　址 北京市朝内大街 166 号
邮政编码 100705

印　　刷 北京盛通印刷股份有限公司
经　　销 全国新华书店等

字　　数 81 千字
开　　本 787 毫米×1092 毫米 1/32
印　　张 7 插页 1
印　　数 1—6000
版　　次 2022 年 4 月北京第 1 版
印　　次 2022 年 4 月第 1 次印刷

书　　号 978-7-02-010965-4
定　　价 45.00 元

如有印装质量问题,请与本社图书销售中心调换。电话:010-65233595

版本说明

1926年，弘一法师云游经过上海，来到丰子恺家中探望。丰子恺请弘一法师为自己的住所取名，弘一法师让丰子恺在小方纸上写了许多他所喜欢而可以互相搭配的文字，团成许多小纸球，撒在释迦牟尼画像前的供桌上，拿两次阄，拆开来都是“缘”字，遂名寓所为“缘缘堂”。缘缘堂并没有厅堂，是一个象征性的名称，以后丰子恺每迁居哪里，横披便挂在哪里，一直到1933年在故乡石门湾造成像样的宅院，给缘缘堂赋予真的形。

因为有弘一法师为丰子恺的寓所缘缘堂命名，所以丰先生称缘缘堂为“灵的存在”，而那些冠以缘缘堂的随笔，由此也充满睿智与灵气，这正应了郁达夫对于缘缘堂随笔的评价："人家只晓得他的漫画入神，殊不知他的散文，清幽玄妙，灵达处反远出在他的画笔之上。"

本次出版的"缘缘堂书系·丰子恺插图本"包含《缘缘堂随笔》《缘缘堂再笔》《缘缘堂续笔》《缘缘堂新笔》《缘缘堂·车厢社会》《缘缘堂·随笔二十篇》六本散文集，每篇散文皆为丰子恺在缘缘堂时期创作。

丰子恺的缘缘堂系列作品在历年的出版过程中多次被拆分组合，形成各样版本的文集。本书系的文集皆采用初版本的篇目，且配上大量丰子恺在缘缘堂时期创作的漫画，还给读者一份原汁原味的"缘缘堂"。

目　录

敬礼[①]

像吃药一般喝了一大碗早已吃厌的牛奶，又吞了一把围棋子似的、洋纽扣似的肺病特效药。早上的麻烦已经对付过去。儿女都出门去办公或上课了，太太上街去了，劳动大姐在不知什么地方，屋子里很静。我独自关进书房里，坐在书桌面前。这是一天精神最好的时光。这是正好潜心工作的时光。

今天要译的一段原文，文章极好，译法甚难。但是昨天晚上预先看过，躺在床里预先计划过句子的构造，所以今天的工作并不很难，只要推敲各句里面的字眼，就可以使它变成中文。右手握着自来水笔，左

① 本篇原载1956年12月26日上海《文汇报》。

手拿着香烟。书桌左角上并列着一杯茶和一只烟灰缸。眼睛看着笔端，热衷于工作，左手常常误把香烟灰敲落在茶杯里，幸而没有把烟灰缸当作茶杯拿起来喝。茶里加了香烟灰，味道有些特别，然而并不讨厌。

译文告一段落，我放下自来水笔，坐在椅子里伸一伸腰，眼梢头觉得桌子上右手所靠的地方有一件小东西在那里蠢动。仔细一看，原来是一个受了伤的蚂蚁：它的脚已经不会走路，然而躯干无伤，有时翘起头来，有时翻转肚子来，有时鼓动着受伤的脚，企图爬走，然后一步一蹶，终于倒下来，全身乱抖，仿佛在绝望中挣扎。啊，这一定是我闯的祸！我热衷于工作的时候，没有顾到右臂底下的蚂蚁。我写完了一行字，迅速地把笔移向第二行上端的时候，手臂像汽车一样突进，然而桌子上没有红绿灯和横道线，因此就把这蚂蚁碾伤了。它没有拉我去吃警察官司，然而我很对不起它，又没有办法送它进医院去救治，奈何，奈何！

然而反复一想，这不能完全怪我。谁教它走到我

蚂蚁救护

的工场里来，被机器碾伤呢？它应该怪它自己，我恕不负责。不过，一个不死不活的生物躺在我眼睛面前，心情实在非常不快。我想起了昨天所译的一段文章："假定有百苦交加而不得其死的人，在没有生的价值的本人自不必说，在旁边看护他的亲人恐怕也会觉得杀了他反而慈悲吧。"（见夏目漱石著《旅宿》。）我想：我伸出一根手指去，把这百苦交加而不得其死的蚂蚁一下子捻死，让它脱了苦，不是慈悲吗？然而我又想起了某医生的话：延长寿命，是医生的天职。又想起故乡的一句俗话，"好死勿抵恶活"，我就不肯行此慈悲。况且，这蚂蚁虽然受伤，还在顽强地挣扎，足见它只是局部残废，全体的生活力还很旺盛，用指头去捻死它，怎么使得下手呢？犹豫不决，耽搁了我的工作。最后决定：我只当不见，只当没有这回事。我把稿纸移向左些，管自继续做我的翻译工作。让这个自作孽的蚂蚁在我的桌子上挣扎，不关我事。

翻译工作到底重大，一个蚂蚁的性命到底藐小，我重新热衷于工作之后，竟把这事件完全忘记了。我用心推敲，频频涂改，仔细地查字典，又不断地抽香烟。忙了一大阵之后，工作又告一段落，又是放下自来水笔，坐在椅子里伸一伸腰。眼梢头又觉得桌子右角上离开我两尺光景的地方有一件小东西在那里蠢动。望去似乎比蚂蚁大些，并且正在慢慢地不断地移动，移向桌子所靠着的窗下的墙壁方面去。我凑近去仔细察看。啊哟，不看则已，看了大吃一惊！原来是两个蚂蚁，一个就是那受伤者，另一个是救伤者，正在衔住了受伤者的身体而用力把他拖向墙壁方面去。然而这救伤者的身体不比受伤者大，他衔着和自己同样大小的一个受伤者而跑路，显然很吃力，所以常常停下来休息。有时衔住了他的肩部而走路，走了几步停下来，回过身去衔住了他的一只脚而走路；走了几步又停下来，衔住了另一只脚而继续前进。停下来的时候，两人碰一碰头，仿佛谈几句话。也许是受伤者告诉他这只脚痛，要他衔另一只脚，也许是救伤者问他伤势如何，拖得动否。受伤者有一两只脚伤势不重，还能在桌上支撑着前进，显然是体谅救伤者太吃力，所以勉力自动，以求减轻他的负担。因为这样艰难，所以他们进行的速度很缓，直到现在还离开墙壁半尺之远。这个救伤者以前我并没有看到。想来是埋头于翻译的期间，他跑出来找寻同伴，发见这个同伴受了伤躺在桌子上，就不惜劳力，不辞艰苦，不顾冒险，拼命地扶他回家去疗养。这样藐小的动物，而有这样深挚的友爱之情、这样慷慨的牺牲精神、这样伟大的互助精神，真使我大吃一惊！同时想起了我刚才看不起他，想捻死他，不理睬他，又觉得非常抱歉，非常惭愧！

鲁迅先生曾经看见一个黄包车夫的身体大起来。我现在也如此：忽然看见桌子角上这两个蚂蚁大起来，大起来，大得同山一样，终于充塞于天地之间，高不可仰了。同时又觉得我自己的身体小起来，小起来，终于小得同蚂蚁一样了。我站起身来，向着这两个蚂蚁立正，举起右手，行一个敬礼。

一九五六年十二月十三日于上海作

代画[①]

马路旁边有一件很触目的东西，可以入画。屡次想画，然而画兴阑珊，提不起笔来。不画又难过，就写一篇文章来代画吧。

每次走过附近马路旁边的画廊，总看到这样的光景：装潢华丽布置精美的画廊上，照耀着闪亮的电灯。电灯所照明的玻璃窗里展示着社会主义先进国家的人民的光明幸福和平美丽的生活状态。离开玻璃窗五六尺地方的人行道旁边立着一根电线木。电线木脚上靠着一架小巧的人字梯。一根很粗的铁链条束住电线木

① 本篇原载1956年12月10日上海《文汇报》。

和梯脚。一把很大的铁锁锁住铁链条的两端。—— 如此而已。

如此而已，一点也不触目，何必大惊小怪？——和我一同走路的朋友听见我说它触目，怪我多事。他又质问我：垃圾箱箕踞在人行道上，废物桶矗立在马路旁边，里面都包藏着各种各样的很龌龊、很肮脏的东西，你倒不讨厌它们，而对于这架很美观很干净的小巧的人字梯反而嫌它触目，是何道理？我回答他说：异哉！我所见的和你完全相反呢。我觉得垃圾箱和废物桶都很美观、很干净，而这架小梯却很龌龊、很肮脏；非但触目，甚至惊心呢！请你想一想：为什么要有垃圾箱，为什么要有废物桶？因为我们要享受美味的食物，要度送清洁的生活，所以要垃圾箱和废物桶来接受我们所废弃的东西。垃圾箱和废物桶是使生活美化的，是使生活幸福的，是可爱的。因此我觉得它们都很美观、很干净。然而这架梯表示什么意思呢？为什么要用铁链条束住呢？为什么要用铁锁锁住呢？这把铁锁上方的两只钉好像两只睁圆的眼睛，下方的一个钥匙孔好像一张撑开的嘴巴。它用这副狰狞的面目来对付马路上来来往往的一切行人。它疑心每一个行人都是偷梯贼。它侮辱所有的行人，包括我和你在内。而你还要称赞它很美观、很干净？据我所见，这东西不但触目，竟又惊心。我们的同类中，一定存在着表面雅观而内心丑恶的分子，因此马路上有这件东西的出现。这不是触目惊心的东西吗？你看，这东西同在闪亮的电灯光中展示着社会主义先进国家的人民的光明幸福和平美丽的生活状态的画廊多么不调和！我的朋友语塞。

我想起了三十年前所作的一幅画[①]：两间贴邻的楼房，楼上都有阳台，一个阳台上站着一个男子，身穿洋服，两手搭在栏杆上，正在向楼下闲眺。隔壁的阳台上坐着一个男人，背脊向着邻家的人，一手靠在栏杆上，正在远眺。两个人中间的界壁上装着一把很大很大的铁扇骨，每一根扇骨的头都很尖锐，好像丈八蛇矛的头。这幅画的题目叫做《邻人》。这也是我在

① 此画实为1930年即二十六年前所作。

邻人

马路上看到的光景。记得三十年前这张画发表在报纸上的时候，正是日本军阀肆力侵略中国的当儿。那一天我到北四川路底的内山书店去买书，有一个日本顾客看见了我，不知怎的认识我是这画的作者，就悄悄地向内山完造先生讲了些话。内山完造先生就苦笑着，展开那张报纸来，皱着眉头问我："他想问你，这两个邻人就是中国和日本吗？"那个日本顾客就看着我等候答复。我漫然地答应了一声"soudeska"。这一句日本话在这时候真得用，又唯唯，又否否。中国话没有相当的译法。勉强要译，只有用古人的话："其然，岂其然欤！"这幅画中的两个邻人真像那时的中国和日本，所以应该唯唯。然而我作这幅画的动机里还含有更深更广的意义，比邦交恶劣更为深广，超乎时事漫画之上，所以又应该否否。我这幅画所讽喻的主要是人生，是广大的人生，邦交等不过是其中的一部分而已。

现在我所看到的用铁链条锁住的人字梯，和那把铁扇骨一样触目惊心。没有作画，没有冠用像《邻人》

之类的画题，不会引起人们的褊狭的鉴赏，也不会被看作时事漫画吧。假定要画出来，我准备不用画题。然而不用画题便是“无题”。无题教人联想起李商隐。我这幅辛酸丑恶的漫画，怎么可以僭用风韵闲雅的“锦瑟无端五十弦”和“凤尾香罗薄几重”的题名呢？这样说来，如果作画，必须另外考虑画题。

烧了几支牡丹香烟，喝了一杯葡萄酒，忽然想出了一个画题：“人间羞耻的象征”。太辛酸了，太丑恶了，要不得，要不得！隐约听见耳朵边有恳切的低语声：“要得，要得！中国在进步，人类在进步，世界在进步。只要大家努力，这把铁锁终有一天会废除，这个人间羞耻的象征终有一天会消灭！你从前所作的讽刺画上不是有一个‘速朽之作’的图章吗？希望你在这幅画上也盖上这个图章，希望它速朽。”我也语塞。

一九五六年十二月五日在上海作

扬州梦①

在格致中学高中三年级肄业的新枚患了不很重的肺病，遵医嘱停学在家疗养。生活寂寞，自己发心乘此机会读些诗词，我就做了他的教师，替他讲解《唐诗三百首》和《白香词谱》，每星期一二次。暮春有一天，我教他读姜白石的《扬州慢》：

> 淮左名都，竹西佳处，解鞍少驻初程。过春风十里，尽荠麦青青。自胡马窥江去后，废池乔木，犹厌言兵。渐黄昏，清角吹寒，都在空城。

① 本篇原载1958年5月1日《新观察》杂志第9期。

杜郎俊赏，算而今，重到须惊。纵豆蔻词工，青楼梦好，难赋深情。二十四桥仍在，波心荡，冷月无声。念桥边红药，年年知为谁生。

这孩子兴味在于词律，一味讲究平平仄仄。我却怀古多情，神游于古代的维扬胜地，缅想当年烟花。三月，十里春风之盛。念到“二十四桥仍在”，我忽然发心游览久闻大名而无缘拜识的扬州，立刻收拾《白香词谱》，叫他到八仙桥去买明天到镇江的火车票。傍晚他拿了三张火车票回来。同去的是他和他的姐姐一吟。当夜各自准备行囊。

第二天下午，一行三人到达镇江。我们在镇江投宿，下午游览了焦山寺，认识了镇江的市容。下一天上午在江边搭轮船，渡江换乘公共汽车，不消两小时已经到达扬州。向车站里的人问询，他们介绍我们一所新开的公园旅馆。我们乘车投奔这旅馆，果然看见一所新造房子，里面的家具和被褥都是新的。盥洗既毕，斟一杯茶，坐下来休息一下。定神一想：现在我身已在扬州，然而我在一路上所见和在旅馆中所感，全然没有一点古色，但觉这是一个精小的近代都市，清静整洁，男女老幼熙攘往来，怡然操作，悉如他处，其中并无李白、张祜、杜牧、郑板桥、金冬心之类的面影。旅馆的招待员介绍我们到富春去吃中饭。富春是扬州有名的茶点酒菜馆，深藏在巷子里，而入门豁然开朗，范围甚广。点心和肴馔都极精美，虽然大都是荤的，我只能用眼睛来欣赏，但素菜也做得很好，别有风味。我觉得扬州只是一个小上海、小杭州，并无特殊之处。这在我似乎觉得有些失望，我决定下午去访问大名鼎鼎的二十四桥。我预期这二十四桥能够满足我的怀古欲。

到大街上雇车子，说“到二十四桥”。然而年青的驾车人都不知道，摇摇头。有一个年纪较大的人表示知道，然而他忠告我们:“这地方很远，而且很荒凉，你们去做什么？”我不好说“去凭吊”，只得撒一个谎，说“去看朋友”。那人笑着说:“那边不大有人家呢！”我很狼狈，支吾地回答他:“不瞒你说，我们就

二十四桥仍在

想看看那个桥。”驾车的人都笑起来。这时候旁边的铺子里走出一位老者来，笑着对驾车人说：“你们拉他们去吧，在西门外，他们是来看看这小桥的。”又转向我说：“这条桥从前很有名，可是现在荒凉了，附近没有什么东西。”我料想这位老者是读过唐诗，知道“二十四桥明月夜”的。他的笑容很特别，隐隐地表示着：“这些傻瓜！”

车子走了半小时以上，方才停息在田野中间跨在一条沟渠似的小河上的一爿小桥边。驾车人说：“到了，这是二十四桥。”我们下车，大家表示大失所望的样子，除了“啊哟！”以外没有别的话。一吟就拿出照相机来准备摄影。驾车的人看见了，打着土白交谈：“来照相的。”“要修桥吧？”“要开河吧？”我不辩解，我就冒充了工程师，倒是省事。驾车人到树荫下去休息吸烟了。我有些不放心：这小桥到底是否二十四桥？为欲考证确实，我跑到附近田野里一位正在工作的农人那里，向他叩问：“同志，这是什么桥？”他回答说：“二十四桥。”我还不放心，又跑到桥旁一间小屋子门口，望见里面一位白头老婆婆坐着做针线，我又问：“请问老婆婆，这是什么桥？”老婆婆干脆地说：“廿四桥。”这才放心，我们就替二十四桥拍照。桥下水涸，最狭处不过七八尺，新枚跨了过去，嘴里念着“波心荡，冷月无声”，大家不觉失笑。

车子背着夕阳回城去的时候，我耽于冥想了。我首先想到李白“烟花三月下扬州”的名句，觉得正是这个时候。接着想起杜牧的诗：“青山隐隐水迢迢，秋尽江南草未凋。二十四桥明月夜，玉人何处教吹箫？”“落魄江湖载酒行，楚腰纤细掌中轻。十年一觉扬州梦，赢到青楼薄幸名。”“娉娉袅袅十三余，豆蔻梢头二月初。春风十里扬州路，卷上珠帘总不如。”又想起徐凝的诗句：“天下三分明月夜，二分无赖是扬州。”又想起王建的诗词：“夜市千灯照碧云，高楼红袖客纷纷。”又想起张祜的诗：“十里长街市井连，月明桥上看神仙。人生只合扬州死，禅智山光好墓田。”我在吟哦之下，梦见唐朝时候扬州的繁华。我又想起清人所作的《扬州画舫录》，这书中记述着乾隆年间扬州的繁盛景象，十分详尽。我又记起清朝的所谓“扬州八怪”，想象郑板桥、金冬心、罗聘、李方膺、汪士慎、高翔、黄慎、李鲜等潇洒不羁的文人画家寓居扬州时的风流韵事。最后想到描写清兵屠城的《扬州十日记》，打一个寒噤，不再想下去了。

回到旅馆里，询问账房先生，知道扬州有素菜馆。我们就去吃夜饭。这素菜馆名叫小觉林，位在电影院对面。我们在一个小楼上占据了一个雅座。一吟和新枚吃饱了饭，到对面看电影去了。我在小楼中独酌，凭窗闲眺，“十里长街”，“夜市千灯”，却全无一点古风。只见许多穿人民装的男男女女，熙攘往来，怡然共乐，比较起上海的市街来，特别富有节日的欢乐气象。这是什么原故呢？我想了好久，恍然大悟：原来扬州市内晚上没有汽车，马路上很安全，所有的行人都在马路中央幢幢往来，和上海节日电车停驶时的光景相似，所以在我看来特别富有欢乐的气象。我一方面觉得高兴，一方面略感失望。因为我抱着怀古之情

无言独上西楼

而到这邗左名都来巡礼，所见的却是一个普通的现代化城市。

晚餐后我独自在街上徜徉了一会，回到旅馆已经九点多钟。舟车劳顿，观感纷忙，心身略觉疲倦，倒身在床，立刻睡去。

忽然听见有人敲门。拭目起床，披衣开门，但见一个端庄而壮健的中年妇人站在门口，满面笑容，打起道地扬州白说："扰你清梦，非常抱歉！"我说："请进来坐，请教贵姓大名。"她从容地走进房间来，在桌子旁边坐下，侃侃而言："我姓扬名州，号广陵，字邗江，别号江都，是本地人氏。知道你老人家特地来访问我，所以前来答拜。我今天曾经到火车站迎接你，又陪伴你赴二十四桥，陪伴你上酒楼，不过没有让你察觉。你的一言一动，一思一想，我都知道。我觉得你对我有些误解，所以特地来向你表白。你不远千里而枉驾惠临，想必乐于听取我的自述吧？"我说："久慕大名，极愿领教！"她从容地自述如下：

“你憧憬于唐朝时代、清朝时代的我，神往于‘烟花三月’、‘十里春风’的‘繁华’景象，企慕‘扬州八怪’的‘风流韵事’，认为这些是我过去的光荣幸福，你完全误解了！我老实告诉你：在一九四九年以前，一千多年的长时期间，我不断地被人虐待，受尽折磨，备尝苦楚，经常是身患痼疾，体无完肤，畸形发育，半身不遂，古人所赞美我的，都是虚伪的幸福、耻辱的光荣、忍痛的欢笑、病态的繁荣。你却信以为真，心悦神往地吟赏他们的诗句，真心诚意地想象古昔的盛况，不远千里地跑来凭吊过去的遗迹，不堪回首地痛惜往事的飘零。你真大上其当了！我告诉你：过去千余年间，我吃尽苦头。他们压迫我，毒害我，用残酷的手段把我周身的血液集中在我的脸面上，又给我涂上脂粉，加上装饰，使得我面子上绚焕灿烂，富丽堂皇，而内部和别的部分百病丛生，残废瘫痪，贫血折骨，臃肿腐烂。你该知道，士大夫们在二十四桥明月下听玉人吹箫，在月明桥上看神仙，干风流韵事，其代价是我全身的多少血汗！

“我忍受苦楚，直到一九四九年方才翻身。人民解除了我的桎梏，医治我的创伤，疗养我的疾病，替我沐浴，给我营养，使我全身正常发育，恢复健康。我有生以来不曾有过这样快乐的生活，这才是我的真正的光荣幸福！你在酒楼上看见我富有节日的欢乐气象，的确，七八年来我天天在过节日似的欢乐生活，所以现在我的身体这么壮健，精神这么愉快，生活这么幸福！你以前没有和我会面，没有看到过我的不幸时代，你也是幸福的人！欢迎你多留几天，我们多多叙晤，你会更了解我的光荣幸福，欢喜满足地回上海去，这才不负你此行的跋涉之劳呢！时候不早，你该休息了。我来扰你清梦，很对不起！”她说着就站起身来告辞。

我听了她的一番话，恍然大悟，正想慰问她，感谢她，她已经夺门而出，回头对我说一声“明天会！”就在门外消失了。

我走出门去送她，不料在门槛上绊了一下，跌了一跤，猛然醒悟，原来身在旅馆里的簇新的床铺上的簇新的被窝里！啊，原来是一个“扬州梦”！这梦比元人乔梦符的《扬州梦》和清人嵇留山的《扬州梦》有意思得多，不可以不记。

一九五八年春日作

西湖春游[1]

我住在上海，离开杭州西湖很近，火车五六小时可到，每天火车有好几班。因此，我每年有游西湖的机会，而时间大都是春天。因为春天是西湖最美丽的季节。我很小的时候在家乡从乳母口中听到西湖的赞美歌："西湖景致六条桥，间株杨柳间株桃。……"就觉得神往。长大后曾经在西湖旁边求学，在西湖上作客，经过数十寒暑，觉得西湖上的春天真正可爱，无怪远离西湖的穷乡僻壤的人都会唱西湖的赞美歌了。

然而西湖的最美丽的姿态，直到解放之后方才充分地表现出来。解放后每年春天到西湖，觉得它一年美丽一年，一年漂亮一年，一年可爱一年。到了解放

① 本篇原载1958年《旅行家》杂志第4期。

人民的西湖

第九年的春天，就是现在，它一定长得十分美丽，十分漂亮，十分可爱。可惜我刚从病院出来，不能随众人到西湖去游春，但在这里和读者作笔谈，亦是“画饼充饥”，聊胜于无。

西湖的最美丽的姿态，为什么直到解放后才充分表现出来呢？这是因为旧时代的西湖，只能看表面（山水风景），不能想内容（人事社会）。换言之，旧时代西湖的美只是形式美丽，而内容是丑恶不堪设想的。

譬如说，你悠闲地坐在西湖船里，远望湖边楼台亭阁，或者精巧玲珑，或者金碧辉煌，掩映出没于杨柳桃花之中，青山绿水之间。这光景多么美丽，真好比“海上仙山”！然而你只能用眼睛来看，却切不可用嘴巴来问，或者用头脑来想。你倘使问船老大“这是什么建筑？”“这是谁的别庄？”因而想起了它们的主人，那么你一定大感不快，你一定会叹气或愤怒，你眼前的“美”不但完全消失，竟变成了“丑”！因为这些楼台亭阁的所有者，不是军阀，就是财阀；建造这些楼台亭阁的钱，不是贪污来的，便是敲诈来的，剥削来的！于是你坐在船里远远地望去，就会隐约地看见这些楼台亭阁上都有血迹！隐约地听见这些楼台亭阁上都有被压迫者的呻吟声——这真是大煞风景！这样的西湖有什么美？这样的西湖不值得游！西湖游春，谁能仅用眼睛看看而完全不想呢？

旧时代的好人真可怜！他们为了要欣赏西湖的美，只得勉强屏除一切思想，而仅看西湖的表面，仿佛麻醉了自己，聊以满足自己的美欲。记得古人有诗句云："小事闲可坐，不必问谁家。"我初读这诗句时，认为这位诗人过于浪漫疏狂。后来仔细想想，觉得他也许怀着一片苦心：如果问起这小亭是谁家的，说不定这主人是个坏蛋，因而引起诗人的恶感，不屑坐他的亭子。旧时代的人欣赏西湖，就用这诗人的办法，不问谁家，但享美景。我小时候的音乐老师李叔同先生曾经为西湖作一首歌曲。且不说音乐，光就歌词而论，描写得真是美丽动人！让我抄录些在这里：

看明湖一碧，六桥锁烟水。
塔影参差，有画船自来去。
垂杨柳两行，绿染长堤。
飏晴风，又笛韵悠扬起。

看青山四围，高峰南北齐。
山色自空濛，有竹木媚幽姿。
探古洞烟霞，翠扑须眉。
霍暮雨，又钟声林外起。

大好湖山如此，独擅天然美，
明湖碧，又青山绿作堆。
漾晴光潋滟，带雨色幽奇。
靓妆比西子，尽浓淡总相宜。

这歌曲全部，刊载在最近出版的《李叔同歌曲集》中。

我小时候求学于杭州西湖边的师范学校时，曾经在李先生亲自指挥之下唱这歌曲的高音部（这歌曲是四部合唱）。当时我年幼无知，只觉得这歌词描写西湖景致，曲尽其美，唱起来比看图画更美，比实地游玩更美。现在重唱一遍，回味一下，才感到前人的一片苦心：李先生在这长长的歌曲中，几乎全部是描写风景，绝不提及人事。因为那时候西湖上盘踞着许多贪官污吏，市侩流氓；风景最好的地位都被这些人的私人公馆、别庄所占据。所以倘使提及人事，这西湖的美景势必完全消失，而变成种种丑恶的印象。所以李先生作这歌词的时候，掩住了耳朵，停止了思索，而单用眼睛来观看，仅仅描写眼睛所看见的部分。这样，六桥烟水、塔影垂杨、竹木幽姿、古洞烟霞、晴光雨色，就形成一种美丽的姿态，好比靓妆的西施活美人了。这仿佛是自己麻醉，自己欺骗。采用这种办法，虽然是李先生的一片苦心，但在今天看来，实在是不足为训的！

然而李先生在这歌曲中，不能说绝不提及人事。其中有两处不免与人事有关：即“有画船自来去”，“笛韵悠扬起”。坐在这画船里面的是何等样人？吹出这悠扬的笛声的是何等样人？这不可穷究了。李先生只能主观地假定坐在画船里的是一群同他一样风流潇洒的艺术家，吹笛的是同他一样知音善感的音乐家，或者坐在画船里的是一群天真烂漫的游客，吹笛的是一位冰清玉洁的美人。这样，才可以符合主观的意旨，才可以增加西湖的美丽。然而说起画船和笛，在我回忆中的印象很不好。记得有一次我和几个朋友买舟游湖。天朗气清，山明水秀，心情十分舒适。忽然邻近的一只船上吹起笛来，声音悠扬悦耳，使得我们满船的人都停止了说话而倾听笛韵。后来这只船载着笛声远去，消失在烟波云水之间了。我们都不胜惋惜。船老大告诉我们：这船里载着的是上海来的某阔少和本地的某闻人，他们都会弄丝弦，都会唱戏，他们天天在湖上游玩……原来这些阔少和闻人，都是我们所“久闻大名”的。我听到这些人的“大名”，觉得眼前这“独擅天然美”的“大好湖山”忽然减色，而那笛声忽然难听起来，丑恶起来，终于变成了恶魔的啸嗷声。

旧时代的西湖

这笛声亵渎了这“大好湖山”，污辱了我的耳朵！我用手撩起些西湖水来洗一洗我的耳朵。—— 这是我回忆旧时代西湖上的“画船”和“笛韵”时所得的印象。

我疏忽了，李先生的西湖歌中涉及人事的，不止上述两处，还有一处呢，即“又钟声林外起”。打钟的是谁？在李先生的主观中大约是一位大慈大悲、大智大慧的高僧，或者面壁十年的苦行头陀，或者三戒具足的比丘。然而事实上恐怕不见得如此。在那时候，上述的那些高僧、头陀和比丘极少住在西湖上的寺院里。撞钟的可能是以做和尚为业的和尚，或者是公然不守清规的和尚。

李先生作那首西湖歌时，这些人事社会的内情是不想的，是不敢想的。因为一想就破坏西湖风景的美，一想就煞风景。李先生只得屏绝了思索和分辨，而仅用眼睛来看，不谈西湖的内容情状，而仅仅赞美西湖的表面形式。我同情李先生的苦心。我想，如果李先生迟生三十年，能够躬逢解放后的新时代，能够看到人民的西湖，那么他所作的西湖歌一定还要动人得多！

在这里我不免要讲几句题外的话：我记得资本主义社会的美学中，有一个术语叫做“绝缘”，英文是isolation。所谓绝缘，就是说看到一个物象的时候，断绝了这物象对外界（人事社会）的一切关系，而孤零零地欣赏这物象本身的姿态（形状色彩）。他们认为“美感”是由于“绝缘”而发生的。他们认为：看见一个物象时，倘使想起这物象的内容意义，想起这物象对人类社会的关系、作用和意义，就看不清楚物象本身的姿态，就看不到物象的“美”。必须完全不想物象对人类社会的关系、作用和意义，而仅用视觉来欣赏它的形状和色彩，这才能够从物象获得“美感”。——这种美学学说的由来，现在我明白了：只因为在旧社会中，追究起事物的内容意义来，大都是卑鄙龌龊、不堪闻问的，因此有些御用的学者就造出这种学说来，教人屏绝思索，不论好坏，不分皂白，一味欣赏事物的外表，聊以满足美欲，这实在是可笑、可怜的美学！

闲话少说，言归本题。旧时代的西湖春游，还有一种更切身的苦痛呢。上述那种苦痛还可以用主观强调、自己麻醉等方法来暂时避免，而另有一种苦痛则直接袭击过来，使你身心不安，伤情扫兴，游兴大打折扣，这便是西湖上的社会秩序的混乱。游西湖的主要交通工具是游船，即杭州人所谓“划子”。这种划子一向入诗、入词、入画，真是风雅不过的东西，从红尘万丈的都市里来的人，坐在这种划子里荡漾湖中，真有“春水船如天上坐”的胜概。于是划划子的人就奇货可居，即杭州人所谓“刨黄瓜儿”。你要坐划子游西湖，先得鼓起勇气来，同划划子的人作一场斗争，然后怀着余怒坐到划子里去“欣赏”西湖景致。划划子的人本来都是清白的劳动者，但因受当时环境的压迫和恶劣作风的影响，一时不得不如此以求生存了。上船之后，照例是在各名胜古迹地点停船：平湖秋月、中山公园、西泠印社、岳坟、三潭印月、雷峰夕照、刘庄、汪庄……这些名胜古迹的确是环肥燕瘦，各有其美，然而往往不能畅游，不能放心地欣赏。

旧时代的西湖

因为这些地方的管理者都特别“客气”，一看到游客，立刻端出茶盘来，倘使看到派头阔绰的游客，就端出果盒来。这种“盛情”，最初领受一二，也还可以；然而再而三，三而四，甚至而五、而六、而七……游客便受宠若惊，看见茶盘连忙逃走，不管后面传来奚落的、讥讽的叫声；若是陪着老年人游玩，处处要坐下来休息，而且逃不快，那就是他们所最欢迎的游客了，便是最倒霉的游客了。

游西湖要会斗争，会逃走——这是我数十年来的“宝贵”经验。直到最近几年，解放后几年，这“宝贵”经验忽然失却了效用。解放后有一年我到杭州，突然觉得西湖有些异样：湖滨栏杆旁边那些馋涎欲滴的划子手忽然不见了，讨价还价的斗争也没有了，只看见秩序井然的买票处和和颜悦色的舟子。名胜古迹中逐客的茶盘也不见了，到处明山秀水，任你逍遥盘桓。这一次我才自足地享受了西湖春游的快美之感！

“西子蒙不洁，则人皆掩鼻而过之。”解放前数十年间，我每逢游湖，就想起这两句话。路过湖滨的船埠头时，那种乌烟瘴气竟可使人“掩鼻”。解放之后，这西子“斋戒沐浴”过了，“大好湖山如此”，不但“独擅天然美”，又独擅“人事美”，真可谓尽善尽美了！写到这里，我的心已经飞驰到六桥三竺之间，神游于山明水秀、桃红柳绿之乡，不能再写下去了。

一九五八年春日作

杭州写生

我的老家在离开杭州约一百里的地方，然而我少年时代就到杭州读书，中年时代又在杭州作“寓公”，因此杭州可说是我的第二故乡。

我从青年时代起就爱画画，特别喜欢画人物，画的时候一定要写生，写生的大部分是杭州的人物。我常常带了速写簿到湖滨去坐茶馆，一定要坐在靠窗的栏杆边，这才可以看了马路上的人物而写生。湖山喜雨台最常去，因为楼低路广，望到马路上同平视差不多。西园少去，因为楼高路狭，望下来看见的有些鸟瞰形，不宜于写生。茶楼上写生的主要好处，就是被写的人不得知，因而姿态很自然，可以入画。马路上的人，谁仰起头来看我呢？

郊外小景

为什么喜欢在茶馆楼上画呢？因为在路上画有种种不便：第一，被画的人看见我画他，他就戒备，姿态就不自然。如果其人是开通的，他就整一下衣服，装个姿势，好像坐在照相馆里的镜头面前一样。那时画出来就像一尊菩萨，不是我所需要的画材。画好之后他还要走过来看，看见寥寥数笔就表示不满，仿佛损害了他的体面。如果其人是不开通的，看见我画他，他简直表示反对，或竟逃脱。因为那时（四五十年前）有一种迷信，说拍照伤人元气，使人倒霉。写生与拍照相似，也是这些顽固而愚昧的人所嫌忌的。当时我有一个画同志，到乡下去写生，据说曾经被夺去速写簿，并且赶出村子外，差一点儿没有被打。我没有碰到这种情况，然而类乎此的常常碰到。有一次我看见一老妇和一少妇坐在湖滨，姿态甚好，立刻摸出速写簿来写生。岂知被老妇瞥见，她一把拉住少妇就跑，同时嘴里喃喃地骂。少妇临去向我白一眼，并且"呸"的吐一口唾沫，仿佛我"调戏"了她。诸如此类。

第二种不方便，是在地上写生时，往往有许多闲人围着我看画。起初一二个人，后来越聚越多，同看戏法一样。而这些人有时也竟把我当作变戏法：有的站在我面前，挡住视线；有的挤在我左右，碰我的手臂；有的评长说短，向我提意见；有的小孩子大叫“看画菩萨头！”（他们称画人物为画菩萨头。）这些时候我往往没有画完就走，因为被画的人，看见一堆人吵吵闹闹，他也跑过来看了！我走了，还有几个小孩子或闲人跟着我走，希望我再“表演”，简直同看戏法一样。

为了有这种种不方便，所以我那时最喜欢在茶楼上写生。延龄大马路[①]上车水马龙，行人如织，都是很好的写生模特儿！——这是我青年时代的事。

最近，我很少写生。主要原因之一，是眼力差了，老花眼看近处必须戴眼镜，看远处必须除去眼镜。写生时必须远处看一眼，近处看一眼，这就使眼镜戴也不好，不戴也不好。有些老花眼镜是两用的，上面是平光，下面是老光。然而老光只有小小一部分，只能

① 延龄路，即今杭州延安路。

看一小块，不能看全面，而画画必须顾到纸张全面。这种眼镜只宜于写字，不宜于画画。因此，我老来很少写生了。一定要写，只有把眼镜搁在眼睛底下鼻孔上面，好像滑稽画中的老头子。但这很不舒服，并且要当心眼镜落地。

然而我最近到杭州游玩时，往往故态复萌，有时不免要摸出笔记簿子来画几笔。这一半是过去习惯所使然，好像一到杭州就“返老还童”了。

使我吃惊的，是解放后在人民的西湖上写生，和从前在旧西湖上写生情形显然不同，上述的两种不方便大大地减少了。被画的人知道这是“写生”，不讨厌我，女人决不吐唾沫。反之，他们有的肯迁就我，给我方便。有一次我坐在湖滨的石凳上，看见一个老舟子坐在船头上吸烟，姿态甚佳，我就对他写生。他衔着旱烟筒悠然地看山水，似乎没有发觉我在画他。忽然一个女小孩子跑来，大叫一声“爷爷！”那老舟子并不向她回顾，却哼喝她：“不要叫我！他在画我！”原来他早已发觉我画他了。这固然是一个特殊

市街小景

的例子，然而一般地说，人都开通了。这在写生者是一大方便。

围着看的人当然也有，然而态度和从前不同了。大都知道这是“写生”，就不用看戏法的态度对待我了。大都肃静地站在我后面，低声地互相说话：“壁报上用的。”“上海去登报的。”（他们从我同游的人身上看得出我们是上海来的。）有时几个青年还用“观摩”的态度看我作画，低声地说“内行”的话；倘有小孩子吵闹，他们代我阻止，给我方便。这些青年大概也会作画。现在作画的不一定是美术学校学生，一般机关团体里都有画家，壁报上和黑板报上不是常常有很好的画出现吗？

由此可知解放后人民知识都增加了，思想都进步了，态度都变好了。在“写生”这一件小事情中，也可以分明地看出。

一九五九年六月九日于上海记

中国话剧首创者李叔同先生[①]

话剧家徐半梅先生告诉我，说明年是中国话剧创行五十周年纪念。他要我物色中国话剧首创者李叔同先生的戏装照片。我答允他一定办到。我虽然不会话剧，却知道李叔同先生。所以想在五十周年纪念的前夕说几句话，作为预祝。李叔同先生，是我在杭州浙江两级师范的美术音乐教师。我毕业的一年，亲送他进西湖虎跑寺出家为僧，此后他就变成了弘一法师。弘一法师卅九岁上出家为憎，专修净土宗和律宗二十余年，六十三岁〔一九四二〕上在福建泉州逝世。他出家以前是一位艺术家，今略叙其生平如下：

① 本篇原载1956年11月3日上海《文汇报》。

李先生于光绪六年〔一八八〇〕阴历九月二十日生于天津。父亲是从事银钱业的，六十八岁上才生他。母亲是侧室，生他的时候还只二十多岁。不久父亲逝世。他青年时候奉母迁居上海，曾入南洋公学，从蔡元培先生受业，与邵力子、谢无量先生等同学。同时参加沪学会、南社。所发表的文章惊动上海文坛。他后来所作的《金缕曲》中所谓“二十文章惊海内，毕竟空谈何有”，便是当时的自述。不久母亲逝世，他就东游日本，入东京美术学校研习油画，又从师研习钢琴音乐，同时又在东京创办“春柳剧社”，共事者有曾存吴、欧阳予倩、谢抗白、李涛痕等。所演出的话剧有《黑奴吁天录》、《茶花女遗事》、《新蝶梦》、《血蓑衣》、《生相怜》等。李叔同先生自己扮演旦角:《黑奴吁天录》中的爱美柳夫人及《茶花女遗事》中的茶花女。

这时候中国还没有话剧。李先生在东京创办春柳剧社，是中国人演话剧的开始。据我所知，他在东京时为了创办话剧社，曾经花了不少钱。他父亲给他的遗产不下十万元，大半是花在美术音乐研究和话剧创办上的。后来李先生回国，春柳剧社也迁回中国。但他回国后不再粉墨登场，先在故乡天津担任工业专门学校教师，后来又回到上海，担任《太平洋报》文艺编辑，转任南京高等师范和杭州浙江两级师范美术音乐教师。春柳社在中国演出时，上海市通志馆期刊第二年第三期上曾经登载一篇《春柳剧场开幕宣言》，宣言中说："民国三年四月十五日，春柳剧社假南京路外滩谋得利开幕。…… 溯自乙巳、丙午间，曾存吴、李叔同、谢抗白、李涛痕等，留学扶桑，慨祖国文艺之堕落，亟思有以振之，顾数人之精力有限，而文艺之类别綦繁。兼营并失，不如一志而冀有功。于是春柳社出现于日本之东京。是为我国人研究新戏之始，前此未尝有也。未几，徐淮告灾，消息传至海外，同人演巴黎茶花女遗事，集资赈之。日人惊为创举，啧啧称道，新闻纸亦多谀词。是年夏，休业多暇，相与讨论进行之法，推李叔同、曾存吴主社事，得欧阳予倩等为社员。次年春，春阳社发现于上海，同人庆祖国响应有人，益不敢自菲薄，谋所以扩大之。……"

这便是五十年前的中国话剧界情况。

李先生虽然回国后不再演剧，但他对剧艺富有研究，为欧阳予倩先生所称道。他说："老实说，那时候对于艺术有见解的，只有息霜（李叔同先生的别号——丰注）。他于中国词章很有根柢，会画，会弹钢琴，字也写得好。……他往往在画里找材料，很注重动作的姿势。他有好些头套和衣服，一个人在房里打扮起来照镜子，自己当模特儿供自己研究，得了结果，就根据着这结果，设法到台上去演……"（见林子青编《弘一大师年谱》第二十七页。）因此他上台表演也非常出色，为日本人所赞誉。当时日本的《芝居杂志》（即戏剧杂志）中曾经登载日本人松居松翁[1]所写的一篇文章，其中说："中国的俳优，使我佩服的，便是李叔同君。当他在日本时，虽然仅是一位留学生，但他所组织的'春柳社'剧团，在乐座上演《椿姬》（即《茶花女》——丰注）一剧，实在非常好。不，与其

① 松居松翁（1870—1933）是日本的剧作家。

说这个剧团好，宁可说就是这位饰椿姬的李君演得非常好。…… 李君的优美婉丽，决非日本的俳优所能比拟。”（见《弘一大师年谱》第三十页。）

这是我所知道的中国话剧首创者李叔同先生。话剧在中国已经创行了近五十年。在这期间，尤其是在解放后，由于许多话剧专家的研究改良，发扬光大，现在已经大大地进步，成为一种最有表现力、最容易感动人、最为全国人民所喜欢的艺术。然而饮水思源，我们不得不纪念它的首创者李叔同先生。五十年前，欧化东渐的时候，第一个出国去研习油画、西洋音乐和话剧的，是李叔同先生。第一个把油画、西洋音乐和话剧介绍到中国来的，是李叔同先生。只因他自己的油画和作曲不多，而且大都散失，又因为他自己从事话剧的时期不长，而且三十九岁上就屏除文艺，遁入空门，因此现今的话剧观者大都不知道李叔同先生，所以我觉得有介绍的必要。

李先生的骨灰供在杭州西湖虎跑寺，十年不得安葬。前年，一九五四年，我和叶圣陶、章雪村、钱

弘一法师像

君匋诸君各舍净财，替他埋葬在虎跑寺后面的山坡上，又在上面建造一个石塔①，由黄鸣祥君监工，宋云彬君指导，请马一浮老先生题字，借以纪念这位艺僧。并且请沪上画家画了一大幅弘一法师遗像，又请好几位画家合作两巨幅山水风景画，再由我写一副对联，挂在石塔下面的桂花厅上，借以装点湖山美景。(然而不知为什么，遗像早已被谁除去了。）为了造塔，黄鸣祥君向杭州当局奔走申请，费了不少的麻烦，好容易获得了建塔的许可。然而我们几个私人的努力，总是有限，不过略微保留一些遗念，仅乎使这位艺坛功人不致湮没无闻而已。这是西湖的胜迹、杭州的光荣！我很希望杭州当局能加以相当的注意、保护、表扬，所以乘此话剧五十周年纪念前夕，写这篇文章纪念李叔同先生，并且庆祝话剧艺术万岁！

一九五六年十月十六日于上海

① 石塔于1953年秋筹建，1954年1月10日举行落成典礼。

先器识而后文艺[①]

——李叔同先生的文艺观

李叔同先生，即后来在杭州虎跑寺出家为僧的弘一法师，是中国近代文艺的先驱者。早在五十年前，他首先留学日本，把现代的话剧、油画和钢琴音乐介绍到中国来。中国的有话剧、油画和钢琴音乐，是从李先生开始的。他富有文艺才能，除上述三种艺术外，又精书法，工金石（现在西湖西泠印社石壁里有“叔同印藏”），长于文章诗词。文艺的园地，差不多被他走遍了。一般人因为他后来做和尚，不大注意他的文

① 本篇原载1957年4月19日《杭州日报》。发表在《弘一大师纪念册》（1957年10月新加坡出版）上时，题名为《李叔同先生的文艺观——先器识而后文艺》。

艺。今年是李先生逝世十五周年纪念，又是中国话剧五十周年纪念，我追慕他的文艺观，略谈如下：

李先生出家之后，别的文艺都屏除，只有对书法和金石不能忘情。他常常用精妙的笔法来写经文佛号，盖上精妙的图章。有少数图章是自己刻的，有许多图章是他所赞善的金石家许霏（晦庐）刻的。他在致晦庐的信中说：

晦庐居士文席：惠书诵悉。诸荷护念，感谢无已。朽人剃染已来二十余年，于文艺不复措意。世典亦云："士先器识而后文艺"，况乎出家离俗之侣！朽人昔尝诫人云："应使文艺以人传，不可人以文艺传"，即此义也。承刊三印，古穆可喜，至用感谢……（见林子青编《弘一大师年谱》第二〇五页。）

这正是李先生文艺观的自述。"先器识而后文艺"，"应使文艺以人传，不可人以文艺传"，正是李先生的文艺观。

四十年前我是李先生在杭州师范①任教时的学生，曾经在五年间受他的文艺教育，现在我要回忆往昔。李先生虽然是一个演话剧、画油画、弹钢琴、作文、吟诗、填词、写字、刻图章的人，但在杭州师范的宿舍（即今贡院杭州一中）里的案头，常常放着一册《人谱》（明刘宗周著，书中列举古来许多贤人的嘉言懿行，凡数百条），这书的封面上，李先生亲手写着“身体力行”四个字，每个字旁加一个红圈，我每次到他房间里去，总看见案头的一角放着这册书。当时我年幼无知，心里觉得奇怪，李先生专精西洋艺术，为什么看这些陈猫古老鼠②，而且把它放在座右，后来李先生当了我们的级任教师，有一次叫我们几个人到他房间里去谈话，他翻开这册《人谱》来指出一节给我们看。

① 杭州师范，指在杭州的浙江省立第一师范学校。

② 陈猫古老鼠，作者家乡话，意即陈旧的东西。

假期中之家

> 唐初，王（勃），杨，卢，骆皆以文章有盛名，人皆期许其贵显，裴行俭见之，曰：士之致远者，当先器识而后文艺。勃等虽有文章，而浮躁浅露，岂享爵禄之器耶……（见《人谱》卷五，这一节是节录《唐书·裴行俭传》的。）

他红着脸，吃着口（李先生是不善讲话的），把“先器识而后文艺”的意义讲解给我们听，并且说明这里的“贵显”和“享爵禄”不可呆板地解释为做官，应该解释道德高尚、人格伟大的意思。“先器识而后文艺”，译为现代话，大约是“首重人格修养，次重文艺学习”，更具体地说：“要做一个好文艺家，必先做一个好人。”可见李先生平日致力于演剧、绘画、音乐、文学等文艺修养，同时更致力于“器识”修养。他认为一个文艺家倘没有“器识”，无论技术何等精通熟练，亦不足道，所以他常诫人“应使文艺以人传，不可人以文艺传”。

我那时正热衷于油画和钢琴的技术，这一天听了他这番话，心里好比新开了一个明窗，真是胜读十年书。从此我对李先生更加崇敬了。后来李先生在出家前夕把这册《人谱》连同别的书送给我。我一直把它保藏在缘缘堂中，直到抗战时被炮火所毁。我避难入川，偶在成都旧摊上看到一部《人谱》，我就买了，直到现在还保存在我的书架上，不过上面没有加红圈的“身体力行”四个字了。

李先生因为有这样的文艺观，所以他富有爱国心，一向关心祖国。孙中山先生辛亥革命成功的时候，李先生（那时已在杭州师范任教）填一曲慷慨激昂的《满江红》，以志庆喜：

> 皎皎昆仑，山顶月有人长啸。看叶底宝刀如雪，恩仇多少！双手裂开鼷鼠胆，寸金铸出民权脑。算此生不负是男儿，头颅好。荆轲墓，咸阳道。聂政死，尸骸暴。尽大江东去，余情还绕。魂魄化成精卫鸟，血花溅作红心草。看从今一担好河

山，英雄造。（见《弘一大师年谱》第三十九页。）

李先生这样热烈地庆喜河山的光复，后来怎么舍得抛弃这“一担好河山”而遁入空门呢？我想，这也仿佛是屈原为了楚王无道而忧国自沉吧！假定李先生在“灵山胜会”上和屈原相见，我想一定拈花相视而笑。

一九五七年清明过后于上海作

李叔同先生的爱国精神[①]

三月七日的《文汇报》上载着黄炎培先生的一篇文章《我也来谈谈李叔同先生》。我读了之后，也想“也来谈谈”。今年正是弘一法师（即李叔同先生）逝世十五周年，我就写这篇小文来表示纪念吧。

黄炎培先生这篇文章里指出李叔同先生青年时代的爱国思想，并且附刊李叔同先生亲笔的自撰的《祖国歌》的图谱。我把这歌唱了一遍，似觉年光倒流，心情回复了少年时代。我是李先生任教杭州师范时的学生，但在没有进杭州师范的时候，早已在小学里唱过这《祖国歌》。我的少年时代，正是中国外患日逼

① 本篇原载1957年3月29日《人民日报》。

的时期。如黄先生文中所说：一八九四年甲午之战败于日本，一八九五年割地赔款与日本讲和，一八九七年德占胶州湾，一八九八年英占威海卫，一八九九年法占广州湾，一九〇〇年八国联军占北京，一九〇一年订约赔款讲和。—— 我的少年时代正在这些国耻之后。那时民间曾经有“抵制美货”、“抵制日货”、“劝用国货”等运动。我在小学里唱到这《祖国歌》的时候，正是“劝用国货”的时期。我唱到“上下数千年，一脉延，文明莫与肩；纵横数万里，膏腴地，独享天然利”的时候，和同学们肩了旗子排队到街上去宣传“劝用国货”时的情景，憬然在目。我们排队游行时唱着歌，李叔同先生的《祖国歌》正是其中之一。但当时我不知道这歌的作者是谁。

后来我小学毕业，考进了杭州师范，方才看见《祖国歌》的作者李叔同先生。爱国运动，劝用国货宣传，依旧盛行在杭州师范中。我们的教务长王更三先生是号召最力的人，常常对我们作慷慨激昂的训话，劝大家爱用国货，挽回利权。我们的音乐图画教师李叔同先生是彻底实行的人，他脱下了洋装，穿一身布衣：灰色云章布（就是和尚们穿的布）袍子，黑布马褂。然而因为他是美术家，衣服的形式很称身，色彩很调和，所以虽然布衣草裳，还是风度翩然。后来我知道他连宽紧带也不用，因为当时宽紧带是外国货。他出家后有一次我送他些僧装用的粗布，因为看见他用麻绳束袜子，又买了些宽紧带送他。他受了粗布，把宽紧带退还我，说："这是外国货。"我说："这是国货，我们已经能够自造。"他这才受了。他出家后，又有一次从温州（或闽南）写信给我，要我替他买些英国制的朱砂（vermilion），信上特别说明，此虽洋货，但为宗教文化，不妨采用。因为当时英国水彩颜料在全世界为最佳，永不退色。他只有为了写经文佛号，才不得不破例用外国货。关于劝用国货，王更三先生现身说法，到处宣讲；李叔同先生则默默无言，身体力行。当时我们杭州师范里的爱国空气很浓重，正为了有这两位先生的缘故。王更三先生现在健在上海，一定能够回味当时的情况。

杨枝净水

李叔同先生三十九岁上 —— 这正是欧洲大战发生，日本提出二十一条，袁世凯称帝，粤桂战争，湘鄂战争，奉直战争，国内乌烟瘴气的期间 —— 辞去教职，遁入空门，就变成了弘一法师。弘一法师剃度前夕，送我一个亲笔的自撰的诗词手卷，其中有一首《金缕曲》，题目是《将之日本，留别祖国，并呈同学诸子》。全文如下:

披发佯狂走。莽中原暮鸦啼彻几株衰柳。破碎河山谁收拾，零落西风依旧。便惹得离人消瘦。行矣临流重太息，说相思刻骨双红豆。愁黯黯，浓于酒。

漾情不断淞波溜。恨年年絮飘萍泊，遮难回首。二十文章惊海内，毕竟空谈何有！听匣底苍龙狂吼。长夜凄风眠不得，度群生那惜心肝剖！是祖国，忍孤负！

我还记得他展开这手卷来给我看的时候，特别指着这阕词，笑着对我说：“我作这阕词的时候，正是你的年纪。”当时我年幼无知，漠然无动于衷。现在回想，这暗示着：被恶劣的环境所迫而遁入空门的李叔同先生的冷寂的心的底奥里，一点爱国热忱的星火始终没有熄灭！

在文艺方面说，李叔同先生是中国最早提倡话剧的人，最早研究油画的人，最早研究西洋音乐的人。去年我国纪念日本的雪舟法师的时候，我常常想起：在文艺上，我国的弘一法师和日本的雪舟法师非常相似。雪舟法师留学中国，把中国的宋元水墨画法输入日本；弘一法师留学日本，把现代的话剧、油画和钢琴音乐输入中国。弘一法师对中国文艺界的贡献，实在不亚于雪舟法师对日本文艺界的贡献！雪舟法师在日本有许多纪念建设。我希望中国也有弘一法师的纪念建设。弘一法师的作品、纪念物，现在分散在他的许多朋友的私人家里，常常有人来信问我有没有纪念馆可以交送，杭州的堵申甫老先生便是其一。今年是弘一法师逝世十五周年纪念，又是他所首倡的话剧五十周年纪念。我希望在弘一法师住居最久而就地出家的杭州，有一个纪念馆，可以永久保存关于他的文献，可以永久纪念这位爱国艺僧。

一九五七年三月十二日于上海作

李叔同先生的教育精神

在四十几年前，我做中小学生的时候，图画、音乐两科在学校里最被忽视。那时学校里最看重的是所谓英、国、算，即英文、国文、算术，而最看轻的是图画、音乐。因为在不久以前的科举时代的私塾里，画图儿和唱曲子被先生知道了要打手心的。因此，图画、音乐两科，在课程表里被认为一种点缀，好比中药方里的甘草、红枣；而图画、音乐教师在教职员中也地位最低，好比从前京戏里的跑龙套的。因此学生上英、国、算时很用心，而上图画、音乐课时很随便，把它当作游戏。

① 本篇原载1957年5月14日《杭州日报》。

然而说也奇怪，在我所进的杭州师范里（即现在贡院前的杭州第一中学的校址），有一时情形几乎相反：图画、音乐两科最被看重，校内有特殊设备（开天窗，有画架）的图画教室，和独立专用的音乐教室（在校园内），置备大小五六十架风琴和两架钢琴。课程表里的图画、音乐钟点虽然照当时规定，并不增多，然而课外图画、音乐学习的时间比任何功课都勤：下午四时以后，满校都是琴声，图画教室里不断的有人在那里练习石膏模型木炭画，光景宛如一艺术专科学校。

这是什么原故呢？就因为我们学校里的图画音乐教师是学生所最崇敬的李叔同先生。李叔同先生何以有这样的法力呢？是不是因为他多才多艺，能演话剧，能作油画，能弹贝多芬，能作六朝文，能吟诗，能填词，能写篆书魏碑，能刻金石呢？非也。他之所以能受学生的崇敬，而能使当时被看轻的图画音乐科被重视，完全是为了他的教育精神的关系：李叔同先生的教育精神是认真的，严肃的，献身的。

写生

夏丏尊先生曾经指出李叔同先生做人的一个特点，他说：“做一样，像一样。”李先生的确做一样像一样：少年时做公子，像个翩翩公子；中年时做名士，像个风流名士；做话剧，像个演员；学油画，像个美术家；学钢琴，像个音乐家；办报刊，像个编者；当教员，像个老师；做和尚，像个高僧。李先生何以能够做一样像一样呢？就是因为他做一切事都“认真地，严肃地，献身地”做的原故。

李先生一做教师，就把洋装脱下，换了一身布衣：灰色布长衫，黑布马褂，金边眼镜换了钢丝边眼镜。对学生态度常是和蔼可亲，从来不骂人。学生犯了过失，他当时不说，过后特地叫这学生到房间里，和颜悦色，低声下气的开导他。态度的谦虚与郑重，使学生非感动不可。记得有一个最顽皮的同学说：“我情愿被夏木瓜骂一顿，李先生的开导真是吃不消，我真想哭出来。”原来夏丏尊先生也是学生所崇敬的教师，但他对学生的态度和李先生不同，心直口快，学生生活上大大小小的事情他都要管，同母亲一般爱护学生，学生也像母亲一般爱他，深知道他的骂是爱。因为他的头像木瓜，给他取个绰号叫做夏木瓜，其实不是绰号，是爱称。李先生和夏先生好像我们的父亲和母亲。

李先生上一小时课，预备的时间恐怕要半天，他因为要最经济地使用这五十分钟，所以凡本课中所必须在黑板上写出的东西，都预先写好。黑板是特制的双重黑板，用完一块，把它推开，再用第二块，上课铃没有响，李先生早已端坐在讲坛上“恭候”学生，因此学生上图画、音乐课决不敢迟到。往往上课铃未响，先生学生都已到齐，铃声一响，李先生站起来一鞠躬，就开始上课。他上课时常常看表，精密的依照他所预定的教案进行，一分一秒钟也不浪费。足见他备课是很费心力和时间的。

吃早饭以前的半小时，吃午饭至上课之间的三刻钟，以及下午四时以后直至黄昏就睡——这些都是图画音乐的课外练习时间。这两课在性质上都需要个别教学，所以学生在课外按照排定的时间轮流地去受教，但是李先生是“观音斋罗汉”，有时竟一天忙到夜。我们学生吃中饭和夜饭，至多只费十五分钟，因为正午十二点一刻至一点，下午六点一刻至七点，都是课外练习时间。李先生的中饭和夜饭必须提早，因为他还须对病发药地预备个别教授。李先生拿全部的精力和时间来当教师，李先生的教育精神真正是献身的！这样，学生安得不崇敬他，图画、音乐安得不被重视？！

李先生的献身的教育精神，还不止上述，夏丏尊先生曾经有一段使人吃惊的记述，现在就引证来结束我的话："我担任舍监职务，兼修身课，时时感觉对学生感化力不足。他（指李先生 —— 丰注）教的是图画、音乐两科。这两种科目，在他未到以前，是学生所忽视的。自他任教以后，就忽然被重视起来，几乎把全校学生的注意力都牵引过去了。课余但闻琴声歌声，假日常见学生出外写生，这原因一半当然是他对这二科实力充足，一半也由于他的感化力大。只要提起他的名字，全校师生以及工役没有人不起敬的。他的力量，全由诚敬中发出，我只好佩服他，不能学他。

舍监的头

举一个实例来说，有一次宿舍里学生失了财物，大家猜测是某一个学生偷的，检查起来，却没有得到证据。我身为舍监，深觉惭愧苦闷，向他求教；他所指示我的方法，说也怕人，教我自杀！他说：‘你肯自杀吗？你若出一张布告，说作贼者速来自首，如三日内无自首者，足见舍监诚信未孚，誓一死以殉教育，果能这样，一定可以感动人，一定会有人来自首。——这话须说得诚实，三日后如没有人自首，真非自杀不可。否则便无效力。’这话在一般人看来是过分之辞，他说来的时候，却是真心的流露，并无虚伪之意。我自惭不能照行，向他笑谢，他当然也不责备我。……”（见夏丐尊所写《弘一法师之出家》一文。）

〔1957年〕

威武不能屈[①]

——梅兰芳先生逝世周年纪念

日月忽其不淹兮，春与秋其代序。

惟草木之零落兮，恐美人之迟暮。(《离骚》)

日月不居，回忆去秋在兰心吊梅，匆匆又是一年。而斯人音容，犹宛在目前。春秋代序，草木可以零落，而此“美人”永远不会迟暮。只因此君不仅是个才貌双全的艺人，又是个威武不能屈的英雄。他的名字长留青史，永铭人心。

我是抗战胜利后才认识梅先生的。最初在上海思南路梅寓，后来在北京怀仁堂，最后在兰心大戏院灵

① 本篇原载1962年8月8日上海《文汇报》。

团结之力

堂瞻仰遗容。每次看到他，我总首先想起他嘴上的胡须。我觉得这不是胡须，这是英雄的侠骨。他身上兼备儿女柔情与英雄侠骨！

设想日寇侵占上海之时，野心勃勃，气势汹汹，有鲸吞亚东大陆之概。我中国人民似乎永无翻身之一日了。于是“士夫”之中，倒戈者有之，媚敌者有之，所欲无甚于生者，不知凡几。梅先生在当时一“优伶”耳，为“士夫”所不齿，独能毅然决然，蓄须抗战，此心可与日月争光！ 此人真乃爱国英雄！

梅先生以唱戏为职业，靠青衣生活。那么蓄须便是自己摔破饭碗，不顾生活。为什么如此呢？ 为了爱国。茫茫青史，为了爱国而摔破饭碗，不顾生活者，有几人欤？ 假定当时有个未卜先知的仙人，预先通知梅先生：一九四五年八月十日日寇一定屈膝投降，于是梅先生蓄须抗战，忍受暂时困苦，以博爱国荣名，那么，我今天也不写这篇文章了。然而当时并无仙人通知，而中原寇焰冲天，回忆当日之域中，竟是倭家之天下，我黄帝子孙似乎永无重见天日之一日了。但梅先生不为所屈，竟把私人利害置之度外，将国家兴亡负之仔肩。试问：非有威武不能屈之大无畏精神，曷克臻此？

抗战胜利酬偿了梅先生的大志；人民解放彰明了梅先生的光荣。今后正期自由发挥其才艺，为人民服务，为祖国增光；岂料天不假年，病魔忌才，竟于去年秋风秋雨之时，与世长辞，使艺术界缺少了一位大师，祖国丧失了一个瑰宝，可胜悼哉！然而“英雄自古谁无死？留取丹心照汗青”，梅先生的威武不能屈的英雄精神，长留青史，永铭人心。春秋代序，草木可以零落，但此“美人”永远不会迟暮。梅兰芳不朽！

壬寅〔1962〕年乞巧作于上海

新年随笔

一九六一年的新年即将来到了。上海解放已经十一年半了。在十一年半以前，上海一向戴着“万恶社会”的帽子。我是浙江乡下人，乡下有一句描写上海社会的话，叫做“打呵欠割舌头”。这是极言上海社会之混乱，人心之险恶，恶霸流氓扒手之多，出门行路之难：在路上开口打个呵欠，舌头会被割掉的。然而十一年来，由于政治教育的移风易俗，“万恶社会”这顶帽子已经摘掉，上海早已变成一个光明幸福的亚东大都市了。从下面这段记事里便可窥见一斑。

前天我出门访友。走到弄口，看见一辆三轮车停在路旁，驾车员正坐在车上看报。他看见我来雇车，就跳下车来，把报纸折好，藏进坐垫底下，然后扶我

桂花（黄包车）

上车。(雇车早已不须问价，按照路程远近，划一规定。从前那种讨价还价和敲竹杠，早已没有了。)开进一条横路，地方僻静，行人稀少，驾车员就和我谈话:“老先生今年高寿？贵姓？”我回答了，接着同样地问他。他说姓邱，今年三十岁。又说:“丰这个姓很少。我只知道一个老画家丰子恺，是不是您本家？”我问:“你怎么知道他？”他说:“我在报上常常看到他的画。”我向他表明就是我。他停了车，回过头来，看着我说:“啊，我真荣幸……”我们就攀谈起来。他说出我所作的几张画来，评论画中的意义，表示他的看法，都很有见解。接着谈到他的身世。原来他只读过几年小学，解放后学习文化，现在已经能够读书看报。我推想这个人一定很聪明，很用功，并且爱好文艺。我望着他的背影出神，回想十一年半以前上海的“黄包车夫”，和这个人比较一下，心中发生剧烈的感动。十一年半以前，上海的“黄包车夫”在重重的压迫和剥削之下喘不过气来，口食难度，衣衫褴褛，哪里谈得到学习文化、读书看报，乃至欣赏图画？我在黑暗社会里度过了几十年，在垂老的时候能够看到这光明幸福的世界，心中感到说不出的欢欣。

车子经过热闹的马路，又转入一条横路。忽然他放缓了速度，回转头来，不好意思似的笑着说："丰老先生！我想请您签个名，最好画几笔画，好吗？机会难得啊……"我说："我很愿意。这里清静，你停一停车，我就在这里替你画吧。"他说："不，我要买本手册来。四马路有文具店，待我买了再请您画。"车子开到四马路，在一家大文具店门口停下了。他连忙进去，一会儿带了一本很漂亮的手册回来。我接了手册，问他花多少钱。他说八角。我说："这里太热闹，到了那边再画。"车子继续前进。我又望着他的背影出神地想；一本手册八角钱，足见他的生活很充裕。要是从前的"黄包车夫"，血汗换来的钱买米还不够，哪里会拿出八角钱来买手册？

不久车子在目的地停下了。地方很清静，我就坐在车子上展开手册来，用钢笔作画。我画一个儿童，手掌上停着一只和平鸽，题上"和平幸福"四个字，又加上他的上款，签了我的姓名。我又和他交换了一个地址，希望以后再见，然后下车。我问他车资多少，他摇摇手说："哪里哪里……谢谢您……"就想跨上驾车台去了。我拉住了他，说："很远的路，怎么可以叫你白费劳力？"就拿出一张五角钞票来，定要塞进他手里。他一定不受，用力推我的手。我也用力推他的手，然而要他不过[①]。我就左手抓住了他的一只臂膀，右手把钞票塞进他的衣袋里去。岂知他气力很大，一下子摆脱了我抓住他臂膀的手，双手阻挡我的钞票。正在不得开交的时候，一个人民警察走来了。我就喊警察。警察走过来，惊惶地问："什么事？"我说："他从沪西踏我到这里，这么多的路，不肯受我车钱，请您……"他不等我说完，抢着对警察说："我，我应该……"警察脸上的惊惶之色变成了笑容。我乘他们对话的时候突然把钞票丢在车子里，快步走进门去了。但听见背后警察在阻止他追赶："老先生客气，你莫推

① 要他不过，作者家乡话，意即拗不过他。

却了吧！”接着是他的咕哝声和警察的笑声。

我通过朋友家的长长的走廊时心中想：刚才这一幕很像“君子国”里的情景。“万恶社会”已经变成了君子国了。地狱已经变成天堂了。我就用这句话来庆祝一九六一年的新年。

这三轮车驾车员姓邱，名以广，家住闸北共和路二百六十弄三十五号。

一九六〇年十一月二十九日为中国新闻社作

胜读十年书[①]

——欢迎四川省革命残废军人演出队志感

我怀着最热诚、最虔敬的心，到火车站去欢迎四川省革命残废军人演出队。在路上我想：这是世界上最可感谢的人，因为他们为了保护我们的安全和幸福，不惜牺牲了自己的肢体；这是世界上最可钦佩的人，因为他们受了敌人的伤害，还用残废的身体来为社会主义建设服务。他们都具有最高尚的共产主义道德和最可贵的革命乐观主义精神。他们是我们的恩人兼导师。他们今天到上海来，是上海的光荣；我能够到站参加欢迎，是我的骄傲！

我到车站时，月台上已经挤满了许多欢迎者：有

① 本篇原载1958年11月21日上海《文汇报》。

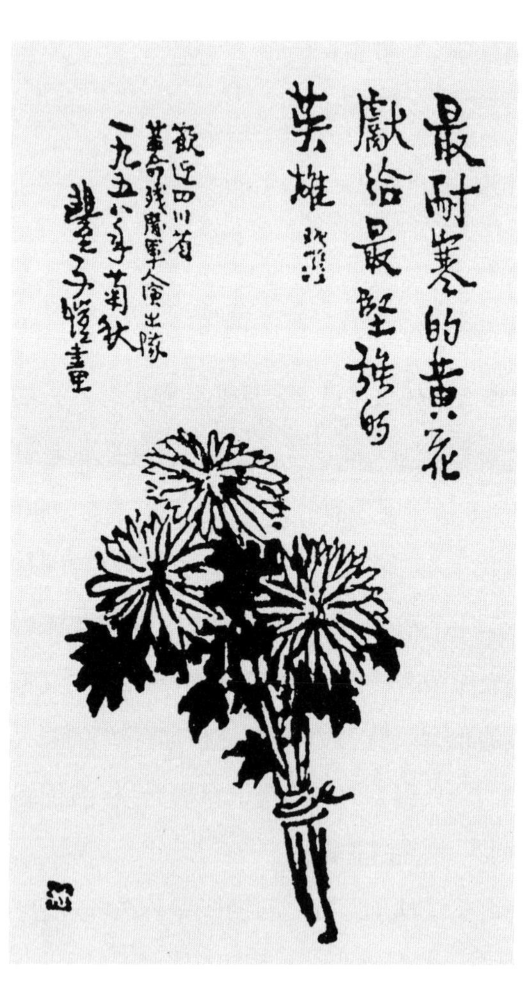

最耐寒的黄花献给最坚强的英雄

的拿着乐器，有的捧着鲜花，有的带着爆竹，有的背着照相机。大家不时伸长了脖子向轨道的西端探望。不久，火车居然开到了。从最后的一节车厢里，我们所热望的英雄们慢慢地陆续下车。这时候月台上充满了欢呼声、鼓掌声和爆竹声，几乎连说话都听不清楚。月台上所有的人的目光都集注在这车厢上。这车厢显得特别注目，好像比别的车厢特别高大，特别美丽，似乎发散着光彩。我一面拍手，一面在想：这车厢真有功，会载着这许多可爱的人来给我们。这队英雄下车后，一一和我们握手。欢呼声、鼓掌声和爆竹声妨碍了我们的说话，难得听清楚。但见欢迎者和被欢迎者大家脸上堆着无限的笑容，表示真心的欢喜。英雄们有的走路跷拐，有的由人扶着，有的由人背着，有的脸上带着伤疤。然而个个精神勃勃，喜气洋洋。我和一位英雄握手的时候，我的手感觉特别贴切而温暖。原来我所握的不是他的手，而是他的腕。他是没有手而只有腕的。他的腕特别温暖，足证他的身体非常健康，精神非常旺盛；足证敌人只能摧残他的手，万万不能摧残他的心！ 我紧紧地握住他的腕，一时不肯放手。我心中想：他这手是为了我们而牺牲的；但他不但绝不怨恨我们，却还要用无手的腕来给我们表演艺术！ 这使我多么惭愧，多么感谢！ 我恨不得立刻把自己的手扯下来装在他的腕上。这时候我禁不住两行热泪夺眶而出。这不是寻常的眼泪，这是惭愧、感激、钦佩、崇仰的结晶，我平生没有淌过这样高贵的眼泪。所以我不肯揩拭，挂着两行老泪和其次的一位英雄握手。她伏在另一人的背上，满面笑容，紧握着我的手，剧烈地摇动，一面对我说话。我从鼓掌声和爆竹声的间隙中听出了她的话中的三个字："老人家……"我猜想是"老人家也来迎接我们……"，是表示谦虚的意思。我想回答她说："倘使没有你捍卫祖国，我这副老骨恐怕早已委诸沟壑，今天轮不到来欢迎了。"又是两行热泪夺眶而出。

不久英雄们全部下车，通过月台上的长长的音乐队和献花队徐徐出站。五彩的纸片和纸条天花乱坠，撒在英雄们的头上和身上。我和周信芳同志紧跟在被背着的女英雄后面，两人头上和身上也积了许多五彩的天花。走出站的时候，我看见不戴帽子的徐平羽部长的头发已经变成五彩，周信芳同志的肩上挂着长长的红条子，回看我自己身上也绕着一条鲜艳的绿带子。大家相视而笑。这真是“人世难逢开口笑”！

送一队英雄上汽车赴寓所休息之后，我们各自回家。我在归途上想：我今天不是来欢迎，是来上课。我上了一堂最充实的社会主义教育大课。上这一堂课，胜读“十年书”。

一九五八年十一月二十日晨写于上海

幸福儿童

邻家的小朋友黄昏到我家来玩，看见了我总说“公公讲故事！”公公肚里的故事讲完了，只得回忆过去，把旧时的见闻讲给他们听，聊以塞责。有一晚，讲解放前黑暗社会里的儿童的不幸，我说：“我们现在所住的地方，从前是外国人管的，叫做法租界。住在这里的外国人很凶，中国人很苦。我有一个朋友，家住在这里，他出门到远地方去了，家里只剩一个妈妈和两个孩子，一个男的八岁，一个女的六岁。有一次，这两个孩子饿了三天，没有吃饭！”小朋友睁大了眼睛问：“为什么？为什么？”我继续讲：“那一天早上，两个孩子还没有起来，妈妈提了篮出门去买米。有一个外国小孩在路上跌了一跤，外国小孩的妈妈看见她走在小孩旁边，就硬说是她把他推倒的，拉住了她，喊起巡捕来。那巡捕见外国人怕，见中国人欺侮，就把这妈妈拉到巡捕房里，把她关进牢监里，关了三天。两个孩子在家里等妈妈回来烧早饭吃，等了一天不回来，等了两天不回来；等到第三天晚上，妈妈才哭着回来，一看，两个孩子躺在地板上，一动也不动，快饿死了，因为三天没有吃饭了。”小朋友大家提出质问。有一个说："他们为什么不到隔壁人家去吃饭呢？”我说："那时候隔壁人家是不来往的，死了人也不管。”另一个问："他们为什么不到食堂里去吃饭呢？”我说："那时候没有食堂，要吃饭只有自家烧。”第三个小朋友问："那么他们为什么不到你家去吃饭呢？”我说："我家住的地方很远，正像小冰家到这里一样远，两个孩子自己怎么会去呢？”——小冰者，就是我外孙，他的弟弟叫毛头，那时两人都不满十岁，星期天常常自己乘电车到我家来玩，和邻家的小朋友很要好的。——这小朋友就反驳："那么，小冰和毛头为什么自己会来？”我说："那时候上海坏人多，小孩子独自出门要被人欺侮，或者被人拐去，不像现在那样……”我说到这里，心中赫然地显出一幅新旧社会明暗对比图，就不期地拍着这几个小朋友的肩膀说：“你们真是幸福儿童啊！”

在现今的新社会里，儿童真幸福呢！就像今晚，里弄里的儿童到我家来玩，要公公讲故事，这种情况恐怕也是住过旧上海的人所不能想象的吧。在从前，上海地方五方杂处，良莠不齐。邻人一概不认识。即使一家住在楼上，一家住在楼下，也绝不往来，绝不招呼。所以居民一有缓急，除非有亲戚朋友来支援，邻人是死活不管的。现在呢，这个中国最大的都市里，不止五方杂处，然而人们都互相亲善了。里弄居民守望相助，痛痒相关。所谓“远亲不及近邻”这句古话，在黑暗的旧社会里一时失却了意义，在光明的新社会里重新恢复其真理了。

里弄有食堂可以供居民吃饭，这也是新社会居民的新幸福之一。在从前，各家必须各自买菜、生火、煮饭。即使一家只有一两个人，也得另起炉灶。即使

清平樂 兒童節
良朋咸集 歡度兒童節
天氣清和人快活
個々興高彩烈
唱歌拍手聲中
餅乾糖果香濃
邀請公々列席
祝他返老還童
辛丑兒童節
子愷并題

儿童节

十分烦忙，也得自己造饭。现在各里弄都有了食堂。居民如果有空，或者欢喜自己弄点小菜吃吃，就在自己家里做饭；如果人少或很忙，没有工夫买菜、生火、煮饭、洗碗，那么就可到食堂里去吃。这真是价廉物美、童叟无欺的。因为食堂是居民自己办的，没有人从中剥削。如果母亲不回来，孩子可以自由地到食堂吃饭。食堂里的服务员就是邻人，都认识孩子们，就像母亲一样照顾孩子们。所以我邻家的小朋友们都不相信我那朋友家的两个孩子饿了三天。

新上海的电车、汽车的司机和售票员，和旧上海的大大地不同了。他们都照顾乘客，尤其是老人和小孩。像我这样的老人，无论电车怎样拥挤，一上车就有人让坐位。我的外孙小冰和毛头，住在虹口四平路，离开我家十多里路，来时要转两次或三次电车。然而小冰八九岁上就独自乘电车来望外公外婆。有时吃了夜饭，玩了一会，到八九点钟才回家。然而一向平安无事。因为司机、售票员和乘客都照顾小孩，他们就同跟着父母出门一样。有一个星期天早晨，他的七岁的弟弟毛头忽然一个人来了。我吃惊地问："你一个人来的？"他说："哥哥有事，我一个人来了。"我问："你会上电车的？"他说："有一次人多，上车是一个解放军叔叔抱我上去的，下车是售票员抱我下来的。"

这种社会状况我现在已经看惯，不以为奇了。那天晚上被邻家的几个小朋友一问，我才深切地感到新旧社会的明暗之别，和新旧时代儿童的幸不幸之差，就在儿童节上写这篇随笔，告诉侨居海外的家长和儿童。

一九六一年儿童节前于上海

谈儿童画[①]

儿童对图画富有兴味，而拙于技术。因此儿童描绘物象，往往不正确，甚至错误。资产阶级的反动的教育论认为这是符合生物进化论的，应该听他们按照本能而作画，不可加以干涉。这是错误的图画教育论。我们固然不可强迫幼年的儿童立刻像成人一样正确地描写物象，然而我们必须仔细研究儿童画的不正确和错误的原因，而在图画课中循循善诱，因势利导，使他们自然而然地正确起来。从这里刊登的作品看来，儿童画并不一定像人们想象的那么稚拙的，他们的年龄虽然很小，但已经能够比较正确掌握住物象的体形

① 本篇原载1958年6月1日《解放日报》。

了，有些已经画得很好，这不正是证明从旁教导的作用吗？

儿童画的不正确和错误的原因，大约有二。第一，儿童观察物象时喜欢注意其“作用”。例如幼儿画人，往往把头画得很大，手和脚画得很显著，而把躯干画得很小，甚至不画。因为他们注意“作用”，头和手脚都能起“作用”：头上的眼睛会看，嘴巴会讲会吃，手会拿东西，脚会走路，而躯干不起什么作用。他们画头部，往往把眼睛和嘴巴画得很大而明显，而忽略其他部分，也是由于眼睛和嘴巴能起作用，而眉毛、鼻子、耳朵等不大起作用的原故。儿童画桌子，一定把桌子面画得很大，因为桌子面上要摆东西（起作用）的。

第二，儿童观察物象时喜欢注意其“意义”。例如幼儿画一只菜篮，往往把篮里的东西统统画出来：几个鸡蛋、一条鱼、几棵菜等等。如果画不下，他们就把篮子看作透明的，画在篮子边上，好像一只玻璃篮。他们的用意是要表出篮子的意义 —— 盛东西。幼儿

創作与鑑賞

创作与鉴赏

画猫往往把身子画成侧面形，而把头画成正面形。因为身子的侧面形可以表出猫的躯体和尾巴，而头的正面形可以表出它有两只眼睛、两只耳朵和两朵胡须。这仿佛埃及太古时代的壁画。幼儿画房子，往往把墙内的人物统统画出来，使墙壁变成玻璃造的。曾见有一个幼儿画一个母亲，在母亲的衣服上画两个乳房，颇像近代资本主义国家所流行的立体派、未来派等的绘画。这种错误的原因，无非是由于幼儿十分注意物象的意义，所以连看不见的东西也要画它们出来。

由于年龄和教养程度的关系，儿童画中这种错误是难免的，是必然的。教师不能粗暴地要求三四岁的幼儿画得同他自己一样，同时也不能一味听其本能发展而不加指导。教师应该按照儿童的年龄和教养程度而作适当的指导。最好的方法是诱导他们观察自然物，使他们逐渐对物象的形状感到兴味，那么，画的时候错误自然会消失了。例如幼儿画人像，只画一个头，两只手和两只脚，而不画躯干。有一天，教师看见有一个幼儿穿一件新衣服，就可利用这机会，教他们画一个穿新衣服的人。这样，他们就会渐渐地注意到人是有躯干的了。又如画一只猫，幼儿把猫身画成侧面形，猫头画成正面形，教师可以捉一只猫来，先把猫头正面向着幼童，问他“你看见猫有几只眼睛？”然后把猫头的侧面向着幼儿，再问他“你看见猫有几只眼睛？”这样，他们也会渐渐地悟到“不看见的东西不画”的道理了。

〔1958年〕

斗牛图[1]

唐朝时候有一位名画家，叫做戴嵩。他学画的老师叫做韩滉。戴嵩专长画牛，为老师韩滉所不及。所以戴嵩是唐朝画牛专家，时人称他为“独步”。

宋朝有一位叫做杜处士的，家里收藏一幅戴嵩的真迹《斗牛图》。这是几百年前的古画，杜处士非常珍惜。有一天他挂起这幅古画来欣赏，被一个牧童看见了。牧童笑着说：

“这画画错了：牛斗的时候，全身气力用在两只角上。这时候，尾巴一定贴紧，夹在两腿中间，这才用得出力。现在这幅画里的两头牛都翘起尾巴，画错

① 本篇原载1957年12月23日《大公报》。

老牛亦是知音者

了！”（见《东坡志林》）这位唐朝独步的画牛专家所绘的古画斗牛图，竟被一个牧童看出了很大的错误！由此可以想见：做画家真不容易，必须结合实际，必须有切身的生活经验，加以巧妙的技法，然后才能作出正确而美观的表现。倘使没有切身的实际经验，而徒有手指头上的技法，就容易犯错误。唐朝的戴嵩大约是士大夫之流，养尊处优，没有过过牧童的生活，但凭偶然的短时间的观察，加以空想而作画，这就犯了错误。可能他认为牛的尾巴翘起，可以表示威风，而且在形式上好看；这就徒有形式的美观而不顾事实的错误，变成了一幅不健全的绘画。由此又可想见：古代的绘画艺术大都为士大夫、知识阶级——像杜处士之类——所专有，工农不得过问。所以这幅斗牛图从唐朝传到宋朝，一直没有一个人能够看出它的错误，而被当作名画宝藏着。直到这一天偶然被牧童看见了，其中错误才能得到指正。由此还可想见：不独绘画如此，其他文艺学术，恐怕也有类乎此的情形吧。

在各界热烈参加下乡上山的时候，我想起了《斗牛图》的逸话，觉得这运动更加富有意义了。

〔1957年〕

随笔漫画[1]

随笔的“随”和漫画的“漫”，这两个字下得真轻松。看了这两个字，似乎觉得作这种文章和画这种绘画全不费力，可以“随便”写出，可以“漫然”下笔。其实决不可能。就写稿而言，我根据过去四十年的经验，深知创作——包括随笔——都很伤脑筋，比翻译伤脑筋得多。倘使用操舟来比方写稿，则创作好比把舵，翻译好比划桨。把舵必须掌握方向，瞻前顾后，识近察远；必须熟悉路径，什么地方应该右转弯，什么地方应该左转弯，什么时候应该急进，什么时候应该缓行，必须谨防触礁，必须避免冲突。划桨就不须

① 本篇原载1959年2月12日上海《文汇报》，当时题名为《呓语》，后由作者删去开头和结尾部分，改为此名。

这样操心，只要有气力，依照把舵人所指定的方向一桨一桨地划，总会把船划到目的地。我写稿时常常感到这比喻的恰当：倘是创作，即使是随笔，我也得预先胸有成竹，然后可以动笔。详言之，须得先有一个“烟士比里纯[①]”，然后考虑适于表达这“烟士比里纯”的材料，然后经营这些材料的布置，计划这篇文章的段落和起讫。这准备工作需要相当的时间。准备完成之后，方才可以动笔。动笔的时候提心吊胆，思前想后，脑筋里仿佛有一根线盘旋着。直到脱稿之后，直到推敲完毕之后，这根线方才从脑筋里取出。但倘是翻译，我不须这么操心：把原书读了一遍之后，就可动笔，逐句逐段逐节逐章地把外文改造为中文。考虑每句译法的时候不免也费脑筋。然而译成了一句，就可透一口气，不妨另外想些别的事情，然后继续处理第二句。其间只要顾到语气的连贯和畅达，却不必顾虑思想的进行。思想有作者负责，不须译者代劳。所

① 英文 inspiration 的译音，意即灵感。

以我做翻译工作的时候不怕旁边有人。我译成一句之后，不妨和旁人闲谈一下，作为休息，然后再译第二句。但创作的时候最怕旁边有人，最好关起门来，独自工作。因为这时候思想形成一根线索，最怕被人打断。一旦被打断了，以后必须苦苦地找寻断线的两端，重新把它们连接起来，方才可以继续工作。近来我少创作而多翻译，正是因为脑力不济而“避重就轻”。

这时候我想起了三十多年前的生活情况：屋子小，没有独立的书房。睡觉，吃饭，工作，同在一室。我坐在书桌旁边写稿，我的太太坐在食桌旁边做针线。我的写稿倘是翻译，我欢迎她坐在这里，工作告段落的时候可以同她闲谈一下，作为调剂。但倘是创作，我就讨厌她。因为她看见我搁笔不动，就用谈话来打断我的思想线索。但这也不能怪她，因为她不知道我写的是翻译还是创作，也许她还误认我的写稿工作同她的针线工作同一性状，可以边做边谈的。后来我就预先关照：“今天你不要睬我。”同时把理由说明：我们石门湾水乡地方，操舟的人有一句成语，叫做“停船三里路”。意思是说：船在河中行驶的时候，倘使中途停一下，必须花去走三里路的时间。因为将要停船的时候必须预先放缓速度，慢慢地停下来。停过之后再开的时候，起初必须慢慢地走，逐渐地快起来，然后恢复原来的速度。这期间就少走了三里路。三里也许夸张一点，一两里是一定有的。我正在创作的时候你倘问我一句话，就好比叫正在行驶的船停一停，我得少写三行字。三行也许夸张一点，一两行是一定有的。我认为随笔不能随便写出，理由就如上述。

漫画同随笔一样，也不是可以“漫然”下笔的。我有一个脾气：希望一张画在看看之外又可以想想。我往往要求我的画兼有形象美和意义美。形象可以写生，意义却要找求。倘有机会看到了一种含有好意义的好形象，我便获得了一幅得意之作的题材。但是含有好意义的好形象不能常见，因此我的得意之作也不可多得。记得有一次，我在院子里闲步，偶然看见

炮弹作花瓶

石灰脱落了的墙壁上的砖头缝里生出一枝小小的植物来，青青的茎弯弯地伸在空中，约有三四寸长，茎的头上顶着两瓣绿叶，鲜嫩袅娜，怪可爱的。我吃了一惊，同时如获至宝。因为这美丽的形象含有丰富深刻的意义，正是我作画的模特儿。用洋洋数万言来歌颂天地好生之德，远不及用寥寥数笔来画出这枝小植物来得动人。我就有了一幅得意之作，画题叫做“生机”。记得又有一次，我去访问一位当医生的朋友，走进他的书室，看见案上供着一瓶莲花，花瓶的样子很别致，仔细一看，原来是一尺来长的一个炮弹壳，我又吃一惊，同时又如获至宝。因为这别致的形象也含有丰富深刻的意义，也是我作画的模特儿。用慷慨激昂的演说来拥护和平，远不如默默地画出这瓶莲花来得动人。我又有了一幅得意之作，画题叫做“炮弹作花瓶……”。我的找求画材大都如此。倘使我所看到的形象没有丰富深刻的意义，无论形状色彩何等美丽，我也懒得描写；即使描写了，也不是我的得意之作。实在，我的作画不是作画，而仍是作文，不过不用言语而用形象罢了。既然作画等于作文，那么漫画就等于随笔。随笔不能随便写出，漫画当然也不得漫然下笔了。

一九五七年一月十八日于上海作

伯牙鼓琴[1]

我们中国在三千年之前音乐早已非常发达。只因乐谱失传，所以我们不能听到古代的乐曲。但是从古书的记载里，可以想见古代音乐发达的盛况。有一个小故事为证。

周朝时候，有一个学者叫做列御寇的，后人称他为列子。他告诉我们这样的一个音乐故事：有一个人叫做伯牙的，善于弹琴。他有一个好朋友，叫做钟子期，善于欣赏音乐。有一天，伯牙在琴上弹一个即兴曲，即临时作曲而演奏。他的作曲的主题是“高山”。他在琴上用音乐来描述他对于高山的感想。钟子期听

① 本篇原载1957年《音乐生活》8月号。

他弹完了说:“你这乐曲峨峨然若泰山!”这就是说,曲趣雄伟,好像泰山一般峨峨巍巍,高不可仰。后来伯牙又弹一个即兴曲,用音乐来描述他对于流水的感想。钟子期听他弹完了说:“你这乐曲洋洋然若江河!”这就是说,曲趣流畅,好像江河滔滔洋洋,一泻千里。这两个人,一个是优秀的作曲家,一个是高明的音乐鉴赏家,所以是好朋友。后来钟子期死了,伯牙从此不再弹琴,因为没有“知音”了,即没有人能够欣赏他的作曲了。

这故事的意思,是说“知音难得”。后人常常拿伯牙和钟子期来比方互相深切了解的知心朋友。但在我们爱好音乐的人,另有一种看法:这里说明着我国古代音乐发达的盛况。西洋十九世纪初才盛行的“标题音乐”,在我们中国周朝时候,即纪元前几世纪,早已发达了。

所谓“标题音乐”,像字面上所表示,就是在乐曲上标明一个题目,而用一种特殊的作曲法来描写题目所表示的事象。这种作曲法,在西洋是十九世纪初才发达的，即德国大音乐家贝多芬所首先提倡的。在贝多芬以前，西洋音乐界盛行的是“绝对音乐”，又名“纯音乐”。所谓绝对音乐，就是用音符来表达一种纯粹的抽象的感情，而不叙述或描写某种客观事象。像中世纪的宗教音乐和贝多芬以前的室内乐等，都是绝对音乐。贝多芬开始把音乐从绝对音乐的象牙塔中解放出来，即开始用音符来叙述描写客观事象，使音乐变得同文学或绘画一样，可以叙述事件，可以描写风景，当然可以抒发感情。这是音乐艺术的进步，所以贝多芬以后，西洋许多大音乐家都致力于标题音乐的创作。他们所作的乐曲叫做“音诗”、“音画”，或“交响诗”。

贝多芬的标题音乐中，描写技术最高妙而最著名的，是他的《第三交响乐》，即《英雄交响乐》，和《第六交响乐》，即《田园交响乐》。《英雄交响乐》本来是为赞颂法国革命英雄拿破仑作的。后来拿破仑自己做了皇帝，贝多芬大怒，把乐谱撕破，丢在地上。但他的朋友把破乐谱拾起来保存了，因为这是一首表现英

贝多芬

雄精神的名曲。第一乐章描写英雄的力量，英雄的活动。第二乐章描写英雄临到危机，因此得切磋磨练，完成其圆满的人格。第三乐章描写战胜了悲哀的英雄的快乐。第四乐章描写英雄一生的总体。《田园交响乐》开头描写田园风景的优美，和愉快的印象。其次描写静静地流着的小川两旁的自然风景，其中常常听见鸟声。又其次描写乡村的农民的飨宴和舞蹈，狂欢的情景如在目前。接着描写飨宴之后忽然雷电交作，大雨滂沱。最后描写雨收云散，天色放晴，遥闻牧童的歌声和村人庆幸雷雨过去的欢笑声。

贝多芬以后，许多著名的标题音乐作品中，最脍炙人口的是俄国的柴科夫斯基的《一八一二年序曲》。一千八百十二年，就是拿破仑进攻俄京莫斯科，遭逢大火和大雪，又被慓悍的哥萨克军所袭击，这盖世英雄终于大败的一年。《一八一二年序曲》就是描写这经过的。乐曲的开始，描写俄国人民对拿破仑来袭的恐怖，奏出俄国正教的赞美歌。其次描写拿破仑军队长驱直入和可怕的战争。起初法国国歌《马赛曲》歌声很响亮，后来渐渐地低沉下去，表示法军的败北，而俄罗斯国歌的声音渐渐地高起来。于是听见莫斯科寺院的钟声和对胜利的欢呼感谢声。最后在嘹亮的俄罗斯国歌声中，响出堂皇的胜利进行曲。一场大战的描写于是告终。这种剧的描写，可说是标题音乐的登峰造极！

我想，我国二三千年前伯牙在古琴上演奏的“高山”和“流水”，大概也是《英雄交响乐》、《田园交响乐》、《一八一二年序曲》之类的标题音乐吧。不然，为什么钟子期听得出“峨峨然若泰山”、“洋洋然若江河”呢？ 可惜乐谱失传，我们无法欣赏了。

〔1957年〕

曲高和众[①]

俄罗斯大文豪托尔斯泰曾经说:“凡最伟大的音乐、最有价值的杰作，一定广泛地被民众所理解，普遍地受民众的赞赏。”

托尔斯泰这句话，和我国的一句古话“曲高和寡”正好相反。这是什么缘故呢？让我先把我国那句古话的出典说明一下:

楚襄王问宋玉:“你大概有不良行为吧。为什么人们都说你坏话呢？”宋玉回答:“请大王原谅，让我说明这道理:有一个人在郢中唱歌，起初唱的歌曲是《下里巴人》，地方上和着他唱的有几千个人。后来唱《阳

① 本篇原载1958年《群众音乐》第2期。

"大中华"

阿薤露》，地方上和着他唱的有几百个人。再后来唱《阳春白雪》，地方上和着他唱的不过几十个人。最后他‘引商刻羽，杂以流徵’（就是用非常艰深的技术），地方上和着他唱的不过几个人而已。由此可知，其曲弥高，其和弥寡（即乐曲越是高深，和唱的人越是稀少）……”我国“曲高和寡”这句话，便是从这古典故事中出来的。

我们仔细研究宋玉的话，便可知道他所谓“高”，是“艰深”的意思，不一定是“良好”的意思。

中国古代音乐所谓“宫、商、角、徵、羽”，大约相当于我们现在的“音阶”，即“上、尺、工、凡、六、五、乙”或“do、re、mi、fa、so、la、si”。故他所谓“引商刻羽，杂以流徵”，便是应用艰深的技巧和复杂的变化。那人所唱的是一个“艰深”的乐曲，但不一定是“良好”的乐曲。听说宋玉是一个很风流的美男子，说不定他的确有不良行为，所以人们都说他坏话。他又是很会做文章的人，所以楚襄王责问他的时候，他就卖弄这巧妙的诡辩，拿来文饰他自己的不良行为。巧就巧在一个“高”字。因为“高”可以说是“难”的意思，但又可以说是“好”的意思。他就用“曲高和寡”这一句话来马虎过去，蒙混过关了。

艰深的乐曲不一定良好，良好的乐曲不一定艰深。我认为曲的“高下”，不在乎“难易”，而在乎和者的“众寡”。因此我赞成托尔斯泰的话：“凡最伟大的音乐，最有价值的杰作，一定广泛地被民众所理解，普遍地受民众的赞赏。”因此我反对宋玉的话，主张“曲高和众”。

托尔斯泰曾经根据这信念，替音乐下一个定义，“音乐是结合人与人的手段。”我也赞成这定义。这就是说：音乐是使人民团结的手段。

一九五八年一月十日

雪舟和他的艺术[1]

雪舟是日本的“画圣”。他的画风从十五世纪中开始，一直在日本画坛上占据主要的地位。欧洲人也崇仰他的艺术，他在世界艺坛上也是名人。而在今天，雪舟逝世四百五十周年的纪念展览会在上海开幕的时候，我们中国人感到特殊的荣幸，因为雪舟和中国有特别密切的关系。

雪舟生于十五世纪初。他十二三岁的时候就出家为僧。他一面弘扬佛法，一面勤修绘画。他是一个所谓“画僧”。日本十二世纪时就有一个画派，叫作“宋元水墨画派”，就是取法我国宋元诸大画家的画风的。

① 本篇原载1956年12月12日《解放日报》。

雪舟用眼泪画老鼠

这宋元水墨派的始祖叫做荣贺。然而在荣贺的时代，只是模仿日本商人、禅僧从中国带回去的宋元画家作品，未能发挥水墨画的精神。到了雪舟手里，水墨画方才大大地进步，方才体得了马远、夏圭的真精神。这当然是雪舟的伟大天才的成果，但也是因为雪舟曾经亲自留学中国的原故。

公历一四六七年，即中国明宪宗成化三年，雪舟从日本来到中国。他先到北京，向当时的宣德画院的画家学习。后来离开北京，南游江浙。他曾经在宁波的天童寺做和尚，名为天童第一座。他搜求宋元杰作的真迹，努力研究。同时又遨游中国名山大川，研究宋元画家的杰作的模特儿。这时期他恍然悟得了画道的真理："师在于我，不在于他。"这就是说："与其师法别人的画，不如直接师法大自然。"荣贺等从纸面上模仿宋元画笔法，雪舟却从山川风景上学习宋元画的表现法。他的师法宋元，不是死的模仿，而是活的应用。雪舟作品的高超就在于此，雪舟的伟大就在于此。

雪舟以前，日本水墨画派中有一个画僧叫做宁一山，是中国元朝的和尚归化日本的。还有一个水墨派画家叫做李秀文，是中国明朝人归化日本的。雪舟曾经师法宁一山和李秀文，后来亲自来到中国，探得了源头活水，画道就青出于蓝。他在中国留学数年，回到日本，大展天才，宣扬真正的宋元精神。于是日本水墨画大大地昌明。所以日本画史中说："水墨画始于荣贺，盛于雪舟。"雪舟之后，日本水墨画界著名的云谷派的领导者云谷等颜自称"雪舟三世"。长谷川派的领导者长谷川等伯自称"雪舟五代"。两人为了争取雪舟正统，曾经涉讼，结果长谷川败诉。于此可见雪舟在日本画坛上的权威。直到现在，雪舟的画风还在日本画坛上占据主要的地位。所以日本人尊雪舟为"画圣"，全世界崇雪舟为"文化名人"。

如上所述，这位画圣和文化名人的养成，与我们中国有密切的关系。这使我们中国人在今天的纪念展览会上感到特殊的光荣。同时雪舟这种治学精神，"师在于我，不在于他"，给我国美术家以宝贵的启示，值得我们学习。而且今天这个纪念展览会，还有一点更可贵的意义：我们举办这个展览会，正好与日本商品展览会同时。这可使中国艺术和日本艺术的关系越发密切起来，这可使爱好和平与美的中国人民和日本人民更加亲密起来。这是促进中日友好的一股很大力量。这一点意义最可宝贵。

我衷心地、热诚地祝贺中日友好万岁！

〔1956年〕

庐山游记之一[①]

江行观感

译完了柯罗连科的《我的同时代人的故事》第一卷三十万字之后，原定全家出门旅行一次，目的地是庐山。脱稿前一星期已经有点心不在稿；合译者一吟的心恐怕早已上山，每天休息的时候搁下译笔（我们是父女两人逐句协商，由她执笔的），就打电话探问九江船期。终于在寄出稿件后三天的七月廿六日清晨，父母子女及一外孙一行五人登上了江新轮船。

胜利还乡时全家由陇海路转汉口，在汉口搭轮船

① 本篇原载1956年10月1日上海《文汇报》。

返沪之后，十年来不曾乘过江轮。菲君（外孙）还是初次看见长江。站在船头甲板上的晨曦中和壮丽的上海告别，乘风破浪溯江而上的时候，大家脸上显出欢喜幸福的表情。我们占居两个半房间：一吟和她母亲共一间，菲君和他小娘舅新枚共一间，我和一位铁工厂工程师吴君共一间。这位工程师熟悉上海情形，和我一见如故，替我说明吴淞口一带种种新建设，使我的行色更壮。

江新轮的休息室非常漂亮：四周许多沙发，中间好几副桌椅，上面七八架电风扇，地板上走路要谨防滑跤。我在壁上的照片中看到：这轮船原是初解放时被敌机炸沉，后来捞起重修，不久以前才复航的。一张照片是刚刚捞起的破碎不全的船壳，另一张照片是重修完竣后的崭新的江新轮，就是我现在乘着的江新轮。我感到一种骄傲，替不屈不挠的劳动人民感到骄傲。

新枚和他的捷克制的手风琴，一日也舍不得分离，背着它游庐山。手风琴的音色清朗像竖琴，富丽像钢琴，在云山苍苍、江水泱泱的环境中奏起悠扬的曲调来，真有“高山流水”之概。我呷着啤酒听赏了一会，不觉叩舷而歌，歌的是十二三岁时在故乡石门湾小学校里学过的、沈心工先生所作的扬子江歌：

长长长，亚洲第一大水扬子江。
源青海兮峡瞿塘，蜿蜒腾蛟蟒。
滚滚下荆扬，千里一泻黄海黄。
润我祖国千秋万岁历史之荣光。

反复唱了几遍，再教手风琴依歌而和之，觉得这歌曲实在很好；今天在这里唱，比半世纪以前在小学校里唱的时候感动更深。这歌词完全是中国风的，句句切题，描写得很扼要；句句叶音，都叶得很自然。新时代的学校唱歌中，这样好的歌曲恐怕不多呢。因此我在甲板上热爱地重温这儿时旧曲。不过在这里奏乐、唱歌，甚至谈话，常常有美中不足之感。你道为何：各处的扩音机声音太响，而且广播的时间太多，差不多终日不息。我的房间门口正好装着一个喇叭，倘使镇日坐在门口，耳朵说不定会震聋。这设备本来很好：报告船行情况，通知开饭时间，招领失物，对旅客都有益。然而报告通知之外不断地大声演奏各种流行唱片，声音压倒一切，强迫大家听赏，这过分的盛意实在难于领受。我常常想向轮船当局提个意见，希望广播轻些，少些。然而不知为什么，大概是生怕多数人喜欢这一套吧，终于没有提。

轮船在沿江好几个码头停泊一二小时。我们上岸散步的有三处：南京、芜湖、安庆。好像有一根无形的绳索系在身上，大家不敢走远去，只在码头附近闲步闲眺，买些食物或纪念品。南京真是一个引人怀古的地方，我踏上它的土地，立刻神往到六朝、三国、春秋吴越的远古，阖闾、夫差、孙权、周郎、梁武帝、陈后主……都闪现在眼前。望见一座青山。啊，这大约就是诸葛亮所望过的龙蟠钟山吧！偶然看见一家店铺的门牌上写着邯郸路，邯郸这两个字又多么引人怀古！我买了一把小刀作为南京纪念，拿回船上，同

安庆所见

舟的朋友说这是上海来的。芜湖轮船码头附近没有市街，沿江一条崎岖不平的马路旁边摆着许多摊头。我在马路尽头的一副担子上吃了一碗豆腐花就回船。安庆的码头附近很热闹。我们上岸。从人丛中挤出，走进一条小街，逶迤曲折地走到了一条大街上。在一爿杂货铺里买了许多纪念品，不管它们是哪里来的。在安庆的小街里许多人家的门前，我看到了一种平生没有见过的家具，这便是婴孩用的坐车。这坐车是圆柱形的，上面一个圆圈，下面一个底盘，四根柱子把圆圈和底盘连接；中间一个坐位，婴儿坐在这坐位上；底盘下面有四个轮子，便于推动。坐位前面有一个特别装置：二三寸阔的一条小板，斜斜地装在坐位和底盘上，与底盘成四五十度角，小板两旁有高起的边，仿佛小人国里的儿童公园里的滑梯。我初见时不解这滑梯的意义，一想就恍然大悟了它的妙用。记得我婴孩时候是站立桶的。这立桶比桌面高，四周是板，中间有一只抽斗，我的手靠在桶口上，脚就站在抽斗里。抽斗底上有桂圆大的许多洞，抽斗下面桶底上放着灰箩，妙用就在这里。然而安庆的坐车比较起我们石门湾的立桶来高明得多。这装置大约是这里的子烦恼的劳动妇女所发明的吧？安庆子烦恼的人大约较多，刚才我挤出码头的时候，就看见许多五六岁甚至三四岁的小孩子。这些小孩子大约是从子烦恼的人家溢出到码头上来的。我想起了久不见面的邵力子先生。①

轮船里的日子比平居的日子长得多。在轮船里住了三天两夜，胜如平居一年半载，所有的地方都熟悉，外加认识了不少新朋友。然而这还是庐山之游的前奏曲。踏上九江的土地的时候，又感到一种新的兴奋，仿佛在音乐会里听完了一个节目而开始再听另一个新节目似的。

① 邵力子先生曾提倡节育。

庐山游记之二[1]

九江印象

九江是一个可爱的地方，虽然天气热到九十五度[2]，还是可爱。我们一到招待所，听说上山车子挤，要宿两晚才有车。我们有了细看九江的机会。

“家临九江水，来去九江侧。同是长干人，生小不相识。”（崔颢）“浔阳江头夜送客，枫叶荻花秋瑟瑟。”（白居易）常常替诗人当模特儿的九江，受了诗的美化，到一千多年后的今天风韵犹存。街道清洁，市容整齐；遥望岗峦起伏的庐山，仿佛南北高峰；那

① 本篇原载1956年10月3日上海《文汇报》。

② 九十五度，指华氏度。

九江浣衣女郎

甘棠湖正是具体而微的西湖。九江居然是一个小杭州。但这还在其次。九江的男男女女，大都仪容端正。极少有奇形怪状的人物。尤其是妇女们，无论群集在甘棠湖边洗衣服的女子，提着筐挑着担在街上赶路的女子，一个个相貌端正，衣衫整洁，其中没有西施，但也没有嫫母。她们好像都是学校里的女学生。但这也还在其次。九江的人态度都很和平，对外来人尤其客气。这一点最为可贵。二十年前我逃难经过江西的时候，有一个逃难伴侣告诉我:“江西人好客。”当时我扶老携幼在萍乡息足一个多月，深深地感到这句话的正确。这并非由于萍乡的地主（这地主是本地人的意思）夫妇都是我的学生的原故，也并非由于“到处儿童识姓名”（马一浮先生赠诗中语）的原故。不管相识不相识，萍乡人一概殷勤招待。如今我到九江，二十年前的旧印象立刻复活起来。我们在九江，大街小巷都跑过，南浔铁路的火车站也到过。我仔细留意，到处都度着和平的生活，绝不闻相打相骂的声音。向人问路，他恨不得把你送到了目的地。我常常惊讶地域区别对风俗人情的影响的伟大。萍乡和九江，相去很远。然而同在江西省的区域之内，其风俗人情就有共通之点。我觉得江西人的“好客”确是一种美德，是值得表扬、值得学习的。我说九江是一个可爱的地方，主要点正在于此。

九江街上瓷器店特别多，除了瓷器店之外还有许多瓷器摊头。瓷器之中除了日用瓷器之外还有许多瓷器玩具：猫、狗、鸡、鸭、兔、牛、马、儿童人像、妇女人像、骑马人像、罗汉像、寿星像，各种各样都有，而且大都是上彩釉的。这使我联想起无锡来。无锡惠山等处有许多泥玩具店，也有各种各样的形象，也都是施彩色的。所异者，瓷和泥质地不同而已。在这种玩具中，可以窥见中国手艺工人的智巧。他们都没有进过美术学校雕塑科，都没有学过素描基本练习，都没有学过艺用解剖学，全凭天生的智慧和熟练的技巧，刻画出种种形象来。这些形象大都肖似实物，大多姿态优美，神气活现。而瓷工比较起泥工来，据我猜想，更加复杂困难。因为泥质松脆，只能塑造像坐猫、蹲兔那样团块的形象。而瓷质坚致，马的四只脚也可以塑出。九江瓷器中的八骏，最能显示手艺工人的天才。那些马身高不过一寸半，或俯或仰，或立或行，骨骼都很正确，姿态都很活跃。我们买了许多，拿回寓中，陈列在桌子上仔细欣赏。唐朝的画家韩幹以画马著名于后世。我没有看见过韩幹的真迹，不知道他的平面造型艺术比较起江西手艺工人的立体造型艺术来高明多少。韩幹是在唐明皇的朝廷里做大官的。那时候唐明皇有一个擅长画马的宫廷画家叫做陈闳。有一天唐明皇命令韩幹向陈闳学习画马。韩幹不奉诏，回答唐明皇说："臣自有师。陛下内厩之马，皆臣师也。"我们江西的手艺工人，正同韩幹一样，没有进美术学校从师，就以民间野外的马为师，他们的技术是全靠平常对活马观察研究而进步起来的。我想唐朝时代民间一定也不乏像江西瓷器手艺工人那样聪明的人，教他们拿起画笔来未必不如韩幹。只因他们没有像韩幹那样做大官，不能获得皇帝的赏识，因此终身沉沦，湮没无闻；而韩幹独侥幸著名于后世。这样想来，社会制度不良的时代的美术史，完全是偶然形成的。

我们每人出一分钱，搭船到甘棠湖里的烟水亭去乘凉。这烟水亭建筑在像杭州西湖湖心亭那样的一个小岛上，四面是水，全靠渡船交通九江大陆。这小岛面积不及湖心亭之半，而树木甚多。树下设竹榻卖茶。我们躺在竹榻上喝茶，四面水光艳艳，风声猎猎，九十度以上的天气也不觉得热。有几个九江女郎也摆渡到这里的树荫底下来洗衣服。每一个女郎所在的岸边的水面上，都以这女郎为圆心而画出层层叠叠的半圆形的水浪纹，好像半张极大的留声机片。这光景真可入画。我躺在竹榻上，无意中举目正好望见庐山。陶渊明"采菊东篱下，悠然见南山"，大概就是这种心境吧。预料明天这时光，一定已经身在山中，也许已经看到庐山真面目了。

庐山游记之三[①]

庐山面目

“咫尺愁风雨，匡庐不可登。只疑云雾里，犹有六朝僧。”（钱起）这位唐朝诗人教我们“不可登”，我们没有听他的话，竟在两小时内乘汽车登上了匡庐。这两小时内气候由盛夏迅速进入了深秋。上汽车的时候九十五度，在汽车中先藏扇子，后添衣服，下汽车的时候不过七十几度了。赴第三招待所的汽车驶过正街闹市的时候，庐山给我的最初印象竟是桃源仙境：土地平旷，屋舍俨然；有茶馆、酒楼、百货之属；黄

① 本篇原载1956年10月4日上海《文汇报》。

发垂髫，并怡然自乐。不过他们看见了我们没有“乃大惊”，因为上山避暑休养的人很多，招待所满坑满谷，好容易留两个房间给我们住。庐山避暑胜地，果然名不虚传。这一天天气晴明。凭窗远眺，但见近处古木参天，绿荫蔽日；远处岗峦起伏，白云出没。有时一带树林忽然不见，变成了一片云海；有时一片白云忽然消散，变成了许多楼台。正在凝望之间，一朵白云冉冉而来，钻进了我们的房间里。倘是幽人雅士，一定大开窗户，欢迎它进来共住；但我犹未免为俗人，连忙关窗谢客。我想，庐山真面目的不容易窥见，就为了这些白云在那里作怪。

庐山的名胜古迹很多，据说共有两百多处。但我们十天内游踪所到的地方，主要的就是小天池、花径、天桥、仙人洞、含鄱口、黄龙潭、乌龙潭等处而已，夏禹治水的时候曾经登大汉阳峰，周朝的匡俗曾经在这里隐居，晋朝的慧远法师曾经在东林寺门口种松树，王羲之曾经在归宗寺洗墨，陶渊明曾经在温泉附近的栗里村住家，李白曾经在五老峰下读书，白居易曾经在花径咏桃花，朱熹曾经在白鹿洞讲学，王阳明曾经在舍身岩散步，朱元璋和陈友谅曾经在天桥作战……古迹不可胜计。然而凭吊也颇伤脑筋，况且我又不是诗人，这些古迹不能激发我的灵感，跑去访寻也是枉然，所以除了乘便之外，大都没有专诚拜访。有时我的太太跟着孩子们去寻幽探险了，我独自高卧在海拔一千五百公尺的山楼上看看庐山风景照片和导游之类的书，山光照槛，云树满窗，尘嚣绝迹，凉生枕簟，倒是真正的避暑。我看到天桥的照片，游兴发动起来，有一天就跟着孩子们去寻访。爬上断崖去的时候，一位挂着南京大学徽章的教授告诉我："上面路很难走，老先生不必去吧。天桥的那条石头大概已经跌落，就只是这么一个断崖。"我抬头一看，果然和照片中所见不同：照片上是两个断崖相对，右面的断崖上伸出一根大石条来，伸向左面的断崖，但是没有达到，相距数尺，仿佛一脚可以跨过似的。然而实景中并没有石条，只是相距若干丈的两个断崖，我们所登的便是左面的断崖。我想：这地方叫做天桥，大概那根石条就是桥，如今桥已经跌落了。我们在断崖上坐看云起，卧听鸟鸣，又拍了几张照片，逍遥地步行回寓。晚餐的时候，我向管理局的同志探问这条桥何时跌落，他回答我说，本来没有桥，那照相是从某角度望去所见光景。啊，我恍然大悟了：那位南京大学教授和我谈话的地方，即离开左面的断崖数十丈的地方，我的确看到有一根不很大的石条伸出在空中，照相镜头放在石条附近适当的地方，透视法就把石条和断崖之间的距离取消，拍下来的就是我所欣赏的照片。我略感不快，仿佛上了资本主义社会的商业广告的当。然而就照相术而论，我不能说它虚伪，只是“太”巧妙了些。天桥这个名字也古怪，没有桥为什么叫天桥？

含鄱口左望扬子江，右瞰鄱阳湖，天下壮观，不可不看。有一天我们果然爬上了最高峰的亭子里。然而白云作怪，密密层层地遮盖了江和湖，不肯给我们看。我们在亭子里吃茶，等候了好久，白云始终不散，望下去白茫茫的，一无所见。这时候有一个人手里拿一把芭蕉扇，走进亭子来。他听见我们五个人讲土白，

庐山天桥印象

就和我招呼，说是同乡。原来他是湖州人，我们石门湾靠近湖州边界，语音相似。我们就用土白同他谈起天来。土白实在痛快，个个字入木三分，极细致的思想感情也充分表达得出。这位湖州客也实在不俗，句句话都动听。他说他住在上海，到汉口去望儿子，归途在九江上岸，乘便一游庐山。我问他为什么带芭蕉扇，他回答说，这东西妙用无穷：热的时候扇风，太阳大的时候遮阴，下雨的时候代伞，休息的时候当坐垫，这好比济公活佛的芭蕉扇。因此后来我们谈起他的时候就称他为济公活佛。互相叙述游览经过的时候，他说他昨天上午才上山，知道正街上的馆子规定时间卖饭票。他就在十一点钟先买了饭票，然后买一瓶酒，跑到小天池，在革命烈士墓前奠了酒，游览了一番，然后拿了酒瓶回到馆子里来吃午饭，这顿午饭吃得真开心。这番话我也听得真开心。白云只管把扬子江和鄱阳湖封锁，死不肯给我们看。时候不早，汽车在山下等候，我们只得别了济公活佛回招待所去。此后济公活佛就变成了我们的谈话资料。姓名地址都没有问，再见的希望绝少，我们已经把他当作小说里的人物看待了。谁知天地之间事有凑巧：几天之后我们下山，在九江的浔庐餐厅吃饭的时候，济公活佛忽然又拿着芭蕉扇出现了。原来他也在九江候船返沪。我们又互相叙述别后游览经过。此公单枪匹马，深入不毛，所到的地方比我们多。我只记得他说有一次独自走到一个古塔的顶上，那里面跳出一只黄鼠狼来，他打湖州白说："渠被俉吓了一吓，俉也被渠吓了一吓！"我觉得这简直是诗，不过没有叶韵。宋杨万里诗云："意行偶到无人处，惊起山禽我亦惊。"岂不就是这种体验吗？现在有些白话诗不讲叶韵，就把白话写成每句一行，一个"但"字占一行，一个"不"也占一行，内容不知道说些什么，我真不懂。这时候我想：倘能说得像我们的济公活佛那样富有诗趣，不叶韵倒也没有什么。

在九江的浔庐餐厅吃饭，似乎同在上海差不多。山上的吃饭情况就不同：我们住的第三招待所离开正街有三四里路，四周毫无供给，吃饭势必包在招待所里。价钱很便宜，饭菜也很丰富。只是听凭配给，不能点菜，而且吃饭时间限定。原来这不是菜馆，是一个膳堂，仿佛学校的饭厅。我有四十年不过饭厅生活了，颇有返老还童之感。跑三四里路，正街上有一所菜馆。然而这菜馆也限定时间，而且供应量有限，若非趁早买票，难免枵腹游山。我们在轮船里的时候，吃饭分五六班，每班限定二十分钟，必须预先买票。膳厅里写明请勿喝酒。有一个乘客说："吃饭是一件任务。"我想：轮船里地方小，人多，倒也难怪；山上游览之区，饮食一定便当。岂知山上的菜馆不见得比轮船里好些。我很希望下年这种办法加以改善。为什么呢，这到底是游览之区！并不是学校或学习班！人们长年劳动，难得游山玩水，游兴好的时候难免把吃饭延迟些，跑得肚饥的时候难免想吃些点心。名胜之区的饮食供应倘能满足游客的愿望，使大家能够畅游，岂不是美上加美呢？然而庐山给我的总是好感，在饮食方面也有好感：青岛啤酒开瓶的时候，白沫四散喷射，飞溅到几尺之外。我想，我在上海一向喝光明啤酒，原来青岛啤酒气足得多。回家赶快去买青岛啤酒，岂知开出来同光明啤酒一样，并无白沫飞溅。啊，原来是海拔一千五百公尺的气压的关系！庐山上的啤酒真好！

一九五六年九月作于上海

黄山松[①]

没有到过黄山之前，常常听人说黄山的松树有特色。特色是什么呢？听别人描摹，总不得要领。所谓“黄山松”，一向在我脑际留下一个模糊的概念而已。这次我亲自上黄山，亲眼看到黄山松，这概念方才明确起来。据我所看到的，黄山松有三种特色：

第一，黄山的松树大都生在石上。虽然也有生在较平的地上的，然而大多数是长在石山上的。我的黄山诗中有一句：“苍松石上生。”石上生，原是诗中的话；散文地说，该是石罅生，或石缝生。石头如果是囫囵的，上面总长不出松树来，一定有一条缝，松

① 本篇原载1956年10月4日上海《文汇报》。

树才能扎根在石缝里。石缝里有没有养料呢？我觉得很奇怪。生物学家一定有科学的解说；我却只有臆测:《本草纲目》里有一种药叫做“石髓”。李时珍说:“《列仙传》言邛疏煮石髓。”可知石头也有养分。黄山的松树也许是吃石髓而长大起来的吧？长得那么苍翠，那么坚劲，那么窈窕，真是不可思议啊！更有不可思议的呢:文殊院窗前有一株松树，由于石头崩裂，松根一大半长在空中，像须蔓一般摇曳着。而这株松树照样长得郁郁苍苍，娉娉婷婷。这样看来，黄山的松树不一定要餐石髓，似乎呼吸空气，呼吸雨露和阳光，也会长大的。这真是一种生命力顽强的生物啊！

第二个特色，黄山松的枝条大都向左右平伸，或向下倒生，极少有向上生的。一般树枝，绝大多数是向上生的，除非柳条挂下去。然而柳条是软弱的，地心吸力强迫它挂下去，不是它自己发心向下挂的。黄山松的枝条挺秀坚劲，然而绝大多数像电线木上的横木一般向左右生，或者像人的手臂一般向下生。黄山松更有一种奇特的姿态:如果这株松树长在悬崖旁边，一面靠近岩壁，一面向着空中，那么它的枝条就全部向空中生长，靠岩壁的一面一根枝条也不生。这姿态就很奇特，好像一个很疏的木梳，又像学习的“习”字。显然，它不肯面壁，不肯置身丘壑中，而一心倾向着阳光。

第三个特色，黄山松的枝条具有异常强大的团结力。狮子林附近有一株松树，叫做“团结松”。五六根枝条从近根的地方生出来，密切地偎傍着向上生长，到了高处才向四面分散，长出松针来。因此这一束树枝就变成了树干，形似希腊殿堂的一种柱子。我谛视这树干，想象它们初生时的状态：五六根枝条怎么会合伙呢？大概它们知道团结就是力量，可以抵抗高山上的风吹、雨打和雪压，所以生成这个样子。如今这株团结松已经长得很粗、很高。我伸手摸摸它的树干。觉得像铁铸的一般。即使十二级台风，漫天大雪，也动弹它不了。更有团结力强得不可思议的松树呢：从文殊院到光明顶的途中，有一株松树，叫做“蒲团松”。这株松树长在山间的一小块平坡上，前面的砂土上筑

黄山蒲团松

着石围墙，足见这株树是一向被人重视的。树干不很高，不过一二丈，粗细不过合抱光景。上面的枝条向四面八方水平放射，每根都伸得极长，足有树干的高度的两倍。这就是说：全体像个“丁”字，但上面一划的长度大约相当于下面一直的长度的四倍。这一划上面长着丛密的松针，软绵绵的好像一个大蒲团，上面可以坐四五个人。靠近山的一面的枝条，梢头略微向下。下面正好有一个小阜，和枝条的梢头相距不过一二尺。人要坐这蒲团，可以走到这小阜上，攀着枝条，慢慢地爬上去。陪我上山的向导告诉我：“上面可以睡觉的，同沙发床一样。”我不愿坐轿，单请一个向导和一个服务员陪伴着，步行上山，两腿走得相当吃力了，很想爬到这蒲团上去睡一觉，然而我们这一天要上光明顶，赴狮子林，前程远大，不宜耽搁；只得想象地在这蒲团上坐坐，躺躺，就鼓起干劲，向光明顶迈步前进了。

一九六一年五月十日记

黄山印象

看山，普通总是仰起头来看的。然而黄山不同，常常要低头去看。因为黄山是群山，登上一个高峰，就可俯瞰群山。这教人想起杜甫的诗句“会当凌绝顶，一览众山小！”而精神为之兴奋，胸襟为之开朗。我在黄山盘桓了十多天，登过紫云峰、立马峰、天都峰、玉屏峰、光明顶、狮子林、眉毛峰等山，常常爬到绝顶，有如苏东坡游赤壁的“履巉岩，披蒙茸，踞虎豹，登虬龙，攀栖鹘之危巢，俯冯夷之幽宫”。

在黄山中，不但要低头看山，还要面面看山。因为方向一改变，山的样子就不同，有时竟完全两样。例如从玉屏峰望天都峰，看见旁边一个峰顶上有一块石头很像一只松鼠，正在向天都峰跳过去的样子。这

会当凌绝顶

景致就叫“松鼠跳天都”。然而爬到天都峰上望去，这松鼠却变成了一双鞋子。又如手掌峰，从某角度望去竟像一个手掌，五根手指很分明。然而峰回路转，这手掌就变成了一个拳头。其他如“罗汉拜观音”、“仙人下棋”、“喜鹊登梅”、“梦笔生花”、“鳌鱼驮金龟”等景致，也都随时改样，变幻无定。如果我是个好事者，不难替这些石山新造出几十个名目来，让导游人增加些讲解资料。然而我没有这种雅兴，却听到别人新起了两个很好的名目：有一次我们从西海门凭栏俯瞰，但见无数石山拔地而起，真像万笏朝天；其中有一个石山由许多方形石块堆积起来，竟同玩具中的积木一样，使人不相信是天生的，而疑心是人工的。导游人告诉我：有一个上海来的游客，替这石山起个名目，叫做“国际饭店”。我一看，果然很像上海南京路上的国际饭店。有人说这名目太俗气，欠古雅。我却觉得有一种现实的美感，比古雅更美。又有一次，我们登光明顶，望见东海（这海是指云海）上有一个高峰，腰间有一个缺口，缺口里有一块石头，很像一只蹲着的青蛙。气象台里有一个青年工作人员告诉我：他们自己替这景致起一个名目，叫做“青蛙跳东海”。我一看，果然很像一只青蛙将要跳到东海里去的样子。这名目起得很适当。

翻山过岭了好几天，最后逶迤下山，到云谷寺投宿。这云谷寺位在群山之间的一个谷中。由此再爬过一个眉毛峰，就可以回到黄山宾馆而结束游程了。我这天傍晚到达了云谷寺，发生了一种特殊的感觉，觉得心情和过去几天完全不同。起初想不出其所以然，后来仔细探索，方才明白原因：原来云谷寺位在较低的山谷中，开门见山，而这山高得很，用“万丈”、“插云”等语来形容似乎还嫌不够，简直可用“凌霄”、“通天”等字眼。因此我看山必须仰起头来。古语云：“高山仰止”，可见仰起头来看山是正常的，而低下头去看山是异常的。我一到云谷寺就发生一种特殊的感觉，便是因为在好几天异常之后突然恢复正常的原故。这时候我觉得异常固然可喜，但是正常更为可爱。我躺在云谷寺宿舍门前的藤椅里，卧看山景，但见一向异常地躺在我脚下的白云，现在正常地浮在我头上了，觉得很自然。它们无心出岫，随意来往；有时冉冉而降，似乎要闯进寺里来访问我的样子。我便想起某古人的诗句："白云无事常来往，莫怪山僧不送迎。"好诗句啊！然而叫我做这山僧，一定闭门不纳，因为白云这东西是很潮湿的。

此外也许还有一个原因：云谷寺是旧式房子，三开间的楼屋，我们住在楼下左右两间里，中央一间作为客堂；廊下很宽，布设桌椅，可以随意起卧，品茗谈话，饮酒看山，比过去所住的文殊院、北海宾馆、黄山宾馆趣味好得多。文殊院是石造二层楼屋，房间像轮船里的房舱或火车里的卧车：约一方丈大小的房间，中央开门，左右两床相对，中间靠窗设一小桌，每间都是如此。北海宾馆建筑宏壮，房间较大，但也是集体宿舍式的：中央一条走廊，两旁两排房间，间间相似。黄山宾馆建筑尤为富丽堂皇，同上海的国际饭店、锦江饭店等差不多。两宾馆都有同上海一样的卫生设备。这些房屋居住固然舒服，然而太刻板、太洋化；住得长久了，觉得仿佛关在笼子里。云谷寺就没有这种感觉，不像旅馆，却像人家家里，有亲切温暖之感和自然之趣。因此我一到云谷寺就发生一种特殊的感觉。云谷寺倘能添置卫生设备，采用些西式建筑的优点；两宾馆的建筑倘能采用中国方式，而加西洋设备，使外为中用，那才是我所理想的旅舍了。

这又使我回想起杭州的一家西菜馆的事，附说在此：此次我游黄山，道经杭州，曾经到一个西菜馆里去吃一餐午饭。这菜馆采用西式的分食办法，但不用刀叉而用中国的筷子。这办法好极。原来中国的合食是不好的办法，各人的唾液都可能由筷子带进菜碗里，拌匀了请大家吃。西洋的分食办法就没有这弊端，很应该采用。然而西洋的刀叉，中国人实在用不惯，我还是用筷子便当。这西菜馆能采取中西之长，创造新办法，非常合理，很可赞佩。当时我看见座上多半是农民，就恍然大悟：农民最不惯用刀叉，这合理的新办法显然是农民教他们创造的。

一九六一年五月二十日于上海记

上天都[1]

从黄山宾馆到文殊院的途中，有一块独一无二的小平地，约有二三十步见方。据说不久这里要造一个亭子，供游人息足，现在已有许多石条乱放着了。我爬到了这块平地上，如获至宝，立刻在石条上坐下，觉得比坐沙发椅子更舒服。因为我已经翻了两个山峰，紫云峰和立马峰，尽是陡坡石级，羊肠坂道，两腿已经不胜酸软了。

坐在石条上点着一根纸烟，向四周望望，看见一面有一个高峰，它的峭壁上有一条纹路，远望好像一条虚线。仔细辨认，才知道是很长的一排石级，由此

① 本篇原载1961年北京出版社《江山多娇》杂志。

可以登峰的。我不觉惊讶地叫出:“这个峰也爬得上的?”陪我上山的向导说:“这个叫做天都峰,是黄山中最陡的一个峰,轿子不能上去,只有步行才爬得上。老人家不能上去。”

昨夜在黄山宾馆时,交际科的郝同志劝我雇一乘轿子上山。她说虽然这几天服务队里的人都忙着采茶,但也可以抽调出四个人来抬你上山。这些山路,老年人步行是吃不消的。我考虑了一下,决定谢绝坐轿。一则不好意思妨碍他们的采茶工作,二则设想四个人抬我一个人上山,我心情的不安一定比步行的疲劳苦痛得多。因此毅然地谢绝了,决定只请一个向导老宋和一个服务员小程陪伴上山。今天一路上来,老宋指示我好几个险峻的地方,都是不能坐轿,必须步行的。此时我觉得:昨夜的谢绝坐轿是得策的。我从过去的经验中发见一个真理:爬山的唯一的好办法,是像龟兔赛跑里的乌龟一样,不断地、慢慢地走。现在向导说“老人家不能上去”,我漫应了一声,但是心中怀疑。我想:慢慢地走,老人家或许也能上去。然而天色已经向晚，我们须得爬上这天都峰对面的玉屏峰，到文殊院投宿。现在谈不到上天都了。

在文殊院三天阻雨，却得到了两个喜讯，第26届世界乒乓球锦标赛，男女单打，中国都获得了冠军；苏联的加加林乘飞船绕地球一匝，安然回到本国。我觉得脸上光彩，心中高兴，两腿的酸软忽然消失了。第四天放晴，女儿一吟发兴上天都，我决定同去。她说："爸爸和妈妈在这里休息吧，怕吃不消呢。"我说："妈妈是放大脚①，固然吃不消；我又不是放大脚，慢慢地走！"老宋笑着说："也好，反正走不动可以在半路上坐等的。"接着又说："去年你们画院里的画师来游玩，两位老先生都没有上天都。你老人家兴致真好！"大概他预料我走不到顶的。

从文殊院走下五六百个石级，到了前几天坐在石条上休息的那块小平地上，望望天都峰那条虚线似的石级，不免有些心慌。然而我有一个法宝，就是不断

① 放大脚，指缠足陋习逐渐废绝而裹足后半途放松的小脚。

地、慢慢地走。这法宝可以克服一切困难。我坐在平地的石条上慢慢地抽了两根纸烟，精神又振作了，就开始上天都。

这石级的斜度，据导游书上说，是六十度至八十度。事实证明这数字没有夸张。全靠石级的一旁立着石柱，石柱上装着铁链，扶着铁链才敢爬上去。我规定一个制度：每跨上十步，站立一下。后来加以调整：每跨上五步，站立一下。后来第三次调整：每跨上五步，站立一下；再跨上五步，在石级上坐一下。有的地方铁链断了，或者铁链距离太远，或者斜度达到八十度，那时我就四条“腿”走路。这样地爬了大约一千级，才爬到了一个勉强可称平地的地方。我以为到顶了，岂知山上复有山，而且路头比过去的石级更曲折，更险峻。有几个地方，须得小程在前面拉，老宋在后面推，我的身子才飞腾上去。

老宋说：“过了鲫鱼背，离开山顶不远了。”不久，眼前果然出现了一个巨大的“鲫鱼”。它的背脊约有十几丈长，却只有两三尺阔，两旁立着石柱，柱上装着铁链。我两手扶着铁链，眼睛看着前面，能够堂皇地跨步；但倘眼睛向下一望，两条腿就不期地发起抖来，畏缩不前了。因为望下去一片石壁，简直是“下临无地”。如果掉下去，一定粉身碎骨。走完了鲫鱼背，我连忙在一块石头上坐下，透一口大气。我抽着纸烟，想象当初工人们立石柱、装铁链时的光景，深切地感到劳动人民的伟大，惭愧我的卑怯；扶着现成的铁链还要两腿发抖！

再走几个险坡，便到达了天都峰的最高处。这里也有石柱和铁链，也是下临无地的。但我总算曾经沧海了，并不觉得顶上可怕，却对于鲫鱼背特别感兴趣。回去的时候，我站在鱼背顶点，叫一吟拍一张照。岂知这照片并无可观。因为一则拍照不能摄取全景，表不出高和险；二则拍照不能删除芜杂、强调要点，所以不能动人。在这点上绘画就可以逞强了：把不必要的琐屑删去，让主要的特点显出，甚至加以夸张或改造，表现出对象的神气，即所谓“传神写照”，只有绘画——尤其是中国画——最擅长。

黄山天都峰

上山吃力，下山危险——这是我登山的经验谈。下天都的时候，我全靠倒退，再加向导和服务员的帮助，才免除了危险。回到文殊院，看见扶梯害怕了。勉强上楼，倒在床里。两腿酸痛难当，然而回想滋味极佳。我想：我的法宝“像乌龟一样不断地、慢慢地走”，不但适用于老人登山，又可普遍地适用于老弱者的一切行为：凡事只要坚忍不懈地进行，即使慢些，也终于能获得成功。今天我的上天都已经获得成功了。欢欣之余，躺在床上吟成了一首小诗：

结伴游黄山，良辰值暮春。
美景层层出，眼界日日新。
奇峰高万丈，飞瀑泻千寻。
云海脚下流，苍松石上生。
入山虽甚深，世事依然闻。
息足听广播，都城传好音。
国际乒乓赛，中国得冠军。

飞船绕地球，勇哉加加林！
客中逢双喜，游兴忽然增。
掀髯上天都，不让少年人。

一九六一年五月十一日于上海记

饮水思源[①]

——参观江西革命根据地随笔

你看，我衣襟上挂着一个金碧辉煌的徽章，这是我在参观瑞金革命根据地的时候，当地人送我的。瑞金地方，革命纪念地独多，前往瞻仰的人不绝，所以当地人特制一种徽章，赠送给参观者，让他们也沾一些光。

这徽章红地金边，浮雕着一个“红军烈士纪念塔”和一个五角星，题着“参观瑞金纪念”六个金字。这红军烈士纪念塔建设在瑞金附近的叶坪地方。我曾经到叶坪参观。这是一个乡村，青山环绕，古木参天。这些古木都是合抱不交的大樟树，根枝盘曲，形似虬

① 本篇原载1961年10月14日上海《解放日报》。

龙。其中有当年的临时中央工农民主政府遗址，有毛主席的故居，都是些旧式老屋，土墙板壁，泥地纸窗；和我们在瑞金寓居的高大华丽而卫生设备齐全的洋楼比较起来，相差足有两个世纪。这里面有当时领导同志们所住的房间、所用的办公室以及会议厅等，都有牌子标志着。室中动用器杂，都照老样，有些确是原物，有些是曾经损坏而照原样修补或仿制的。我目睹这些光景，回想当年斗争中的艰苦生活和坚毅精神，对照着目前新中国的巨大胜利和辉煌建设，抚今思昔，不觉愧感交集，五体投地。我们现在幸福地享受着胜利果实，原来这果实是这样艰辛地培植出来的！

红军烈士纪念塔建设在一个场上，对面是一个阅兵台。塔和台之间，地上用水门汀砌出九个大字：“踏着先烈的血迹前进！”附近便是毛主席的故居。这故居是一间非常陈旧而低小的楼屋，房间都只有一个窗洞，装着几根木栅。屋外有三株老樟树，都是合抱不交的，那些枝干交错纵横，望去形似假山。据说当年毛主席常常在这些大树底下读书。如果我当时看到这情景，一定当他是个隐士。岂知这隐士胸中正在旋转乾坤，决胜千里之外！

附近还有一株极大的樟树，那些根形成一个环门，环门里面掘着一个很深的洞，是当时躲避敌人飞机用的防空洞兼金库。现在遍布全国各地的人民银行，都是由这个洞变成的！

瑞金附近还有一个乡村，叫做沙洲坝。这地方有一个井，名叫“红井”，是当年毛主席亲自参加挖掘的。那口井旁边立着一块牌子，上面题着字：“吃水不忘挖井人，时刻想念毛主席。”后面记着：“一九五一年三月沙洲坝全体人民敬立”。我在这井畔俯仰徘徊，不忍遽去。前几天我道经南昌的时候，参观“八一纪念馆”，看见里面陈列着八一起义时的各种纪念物：盛茶水的缸、马灯、手电筒、杯盏、刀枪、衣服等，都是极粗陋的，充分说明当时斗争中的艰苦生活。我的愧感达到了惶恐的程度。参观后，主管人拿出册子，来要我题字，我乘着兴奋题了“饮水思源”四个大字。现在看到这个红井，心中纳罕：这真是饮水思源了！

我就摸出手册来替这红井画了一幅图画。在瑞金的寓楼里，我听当地一位书记的报告：当时毛主席和人民一起生活，一起劳动。当农民们插秧休息的时候，毛主席下田去帮他们插。沙洲坝的人民至今传为美谈。

回到瑞金城内参观“革命纪念馆”的时候，我又受到了极大的感动。这纪念馆楼上有一个房间里陈列着一块破旧了的暗红色的招牌，上面题着，“中央内务人民委员会”九个大字。这是当年被“围剿”的时候

饮水思源

老百姓偷藏起来，保存到今天的。大概偷藏在阴暗潮湿的地方，所以边缘都腐烂了，红色都晦暗了，字迹也有些模糊了。这偷藏是一件极大的冒险工作！如果被反动派查出，全家性命交关呢！人民肯冒极大的危险，拼全家性命来保藏这块招牌，足证人民对革命政府的爱护之心，深切到无以复加了！全仗着毛主席的英明领导和这些人民的忠诚拥护，革命才能成功，中国才能解放，我们才能享福！

革命纪念馆里还有一只玻璃柜子，也引起我强烈的感动。这里面陈列着各种草，是当年斗争中红军当饭吃的。因为他们常常躲藏在深山中，粮食供应断绝，就采这些草来当饭吃。草有五种，叫做“人参果”、“艾子菜”、“秋鱼菜”、“野苋菜”、“车藤草”。这些草陈列在柜子里，现在当然枯焦了，但看形状，可以想见是一般人不要吃的野草。我们这次访问瑞金，蒙当局隆重招待，吃的是鸡鸭鱼肉。我和夏理彬医生虽然吃素，但用眼睛来享受了荤菜，又用嘴巴来享受精美的素菜，想起了当年红军吃这五种野草，真惭愧得背上流汗。

这种艰苦奋斗的精神，给了我很大的革命教育，而且当场就应验：有一次我们去参观一个矿山，为了有些同人进矿穴去参观，出来得迟了，我们到两点多钟才吃午饭。我着实觉得肚饥，然而一想起当年战士们艰苦奋斗的精神，肚子就不饿了，觉得即使不吃一餐中饭，也算不了一回事。又有一次，我在上井冈山的途中患病了，在兴国的招待所里躺了一天。虽然是医生照顾得好，但一半是江西人民的革命精神的感召，使我次日就退热，终于赶上队伍，上井冈山。我平日在家里，一经发烧，就要缠绵床褥至十余天之久，这次立刻复健，显然是受了革命精神的感召了。

我感谢江西革命根据地的人民，我决心学习他们的革命精神，为社会主义建设作出更大的贡献。我在归车里作了一首小诗，附录于此：

闻道瑞金好，雄名震四方。

当年鏖战地，今日富饶乡。
红井千秋泽，青山百世芳。
功成遗迹在，抵掌话沧桑。

一九六一年十月六日记于上海

化作春泥更护花[①]

—— 参观江西革命根据地随笔

我平生——孩童时代不算——难得流眼泪；但这次在南昌的烈士纪念堂里，竟流了不少。这里面的灵堂里，左右两排玻璃柜子，里面陈列着许多装潢很隆重的册子，是当年江西各地为解放战争而牺牲的烈士的名册。翻开来一看，里面记录着烈士的姓名、年岁、籍贯等；各村、各乡分别造册，有的一村牺牲数千名，有的一乡牺牲数万名，都用工整的楷书历历地记载着。楼上几个大房间的墙壁上，挂着许多烈士的照片，鲁迅先生记录过的刘和珍女烈士亦在其内。玻

① 本篇原载1961年10月13日上海《文汇报》。

璃柜子里陈列着各烈士的遗物，有书册、信件、器什、血衣等，教人看了更是悲愤交集。

江西人民为革命付出了巨大的代价！据报道：第一次大革命时期江西全省人口有二千六百多万。到了一九四九年解放的时候，只剩下一千三百万。这就是说，在革命的斗争中被反动派摧残了一半人口。长征开始之后，国民党在江西各革命根据地进行了疯狂的烧杀。他们提出三句口号，叫做“茅草要过火，石头要过刀，人要换种”。这期间江西人民死在敌人屠刀之下的共有七十多万。宁都县满门抄斩的有八千三百家。井冈山的村落全部被烧光。兴国一县参军者有六万多人，参加长征者有三万多人；解放时只剩三百多人。

江西人民用千百万生命来换得了胜利！这些烈士的血化作了革命的动力，激励了全国人民的心，取得了巨大的胜利。我瞻仰烈士纪念堂之后，想起了古人的两句诗：“落红不是无情物，化作春泥更护花。”这两句诗看似风雅优美，其实沉痛悲壮；看似消沉的，

千寻大树从根生

其实是积极的。这就是“化悲愤为力量！”我把这两句诗吟了几遍，胸中的郁勃才消解了些。

我在南昌又参观了“八一纪念馆”。这里面陈列着八一起义时的各种纪念物。其中有当时所用的茶水缸、马灯、手电筒、武器以及红军的用品等，教人看了非常感动。这屋子本来是江西大旅社，周恩来、叶挺等同志当时住过的房间、用过的会议室，都照当时的原样保存着。朱德同志用过的手枪，也陈列在这里。贺龙指挥部的楼窗上，还留着当时的弹痕呢！

我又参观了当年朱德同志领导的“军官教导团”的旧址。现在这里面住着军士，但有一个房间里保留着朱德同志当时所用的床。这只床真使人吃惊：不但没有棕绷，竟连松板也没有，只是在木框子上钉着八九条竹片，每两条之间相距约有一两寸，上面铺一条薄薄的褥子，是当时的原物。我用手按按褥子，底下的竹片就一条一条地突出来，想见身体躺在这上面，是很不舒服的。如果躺过一夜，早上起来说不定身上会起条纹呢。我想想这种艰苦奋斗的精神，觉得愧感交集。我住在南昌的江西宾馆里，睡的是席梦思床，同这只床比较起来，真是天差地远。我有什么功德，今天来享受这幸福呢？

这种艰苦奋斗的精神，普遍地贯彻在江西革命根据地人民的心中。据当地的老英雄们说：他们为了支援前线，宁可自己少吃少穿。在极艰苦的期间，他们曾经发起“每天每人节约一两米、一个铜板”的运动。当干部的每人每天只有十二两米和一角钱的菜钱。为了支援红军，还有自动提出自带粮食，不吃公粮的。当时瑞金的人民有一支歌：“白塔巍峨矗立，绵江长流向东。红色儿女前仆后继，任凭血雨腥风。”赣南区党委的第一书记刘建华同志曾经参加游击战十九年，直到解放为止。他告诉我们：那时候敌人搜山“清剿”，游击队天天要从这山头转到那山头，躲避危险。特别是从一九三五到一九三七年，最为艰苦，三年间极少有脱衣服睡觉的日子。吃的是野菜竹笋，有时简直挨饿。冬天没有棉被，坐在火堆旁边过夜。虽然敌人颁布了“通匪者杀”和“移民并村”等恶毒的办法，但是群众还是冒着生命危险，给游击队送情报，送衣服，送粮食。真是艰苦卓绝啊！

这种艰苦卓绝的精神和这种悲愤，都化作了无穷大的力量，取得了辉煌的胜利，又推动着伟大的社会主义建设。因人成事而坐享成果的我们，安得不感谢这些烈士和英雄，而尽心竭力地为社会主义建设服务呢？我在南昌填了一阕《望江南》：

南昌好，八一建奇勋。饮水思源怀烈士，揭竿起义忆群英。青史永留名。

〔1961年〕

有头有尾[①]

——参观江西革命根据地随笔

赣州有一种名菜，叫做“鱼头鱼尾羹”。这是一碗淡黄色的羹，两边露出一个鱼头和一个鱼尾。表面看去，这碗里盛着一个鱼，鱼身淹没在羹中，鱼头鱼尾露出在外面。然而实际上只是一碗羹，里面并没有鱼身，只是一个鱼头和一个鱼尾装饰在碗的两边上。羹是用蛋和鱼肉做成的，味道非常鲜美。吃到碗底，看见一根鱼骨，鱼头鱼尾就长在这鱼骨的两端，这些是看而不吃的。据说这是“有头有尾”的意思。

我们这江西革命根据地参观团二十几个人中，我

① 本篇原载1961年《人民文学》12月号。

和夏理彬医师是吃素的，夏医师吃素很严格。我比他宽些：肉类绝对不能吃，不得已时吃些鱼也无妨。但是这回看到这碗鱼头鱼尾羹，非不得已也吃了。因为我喜爱这菜名的意义：有头有尾，贯彻到底。饭后我作了一首小诗：

赣州有名菜，鱼头鱼尾羹。
我爱此佳肴，教育意味深：
有头必有尾，有叶必有根；
有始必有终，坚决不变心。
革命须到底，有志事竟成。
我爱此意义，多吃一瓢羹。

八境公园里有一个地方壁上刻着三句话："以革命的意义想想过去，以革命的精神对待现在，以革命的志气创造未来。"这就是革命有头有尾的意思吧。江西革命根据地的人民的确体现了这种精神：他们过去艰苦奋斗，不惜牺牲，终于取得了胜利；现在还是本

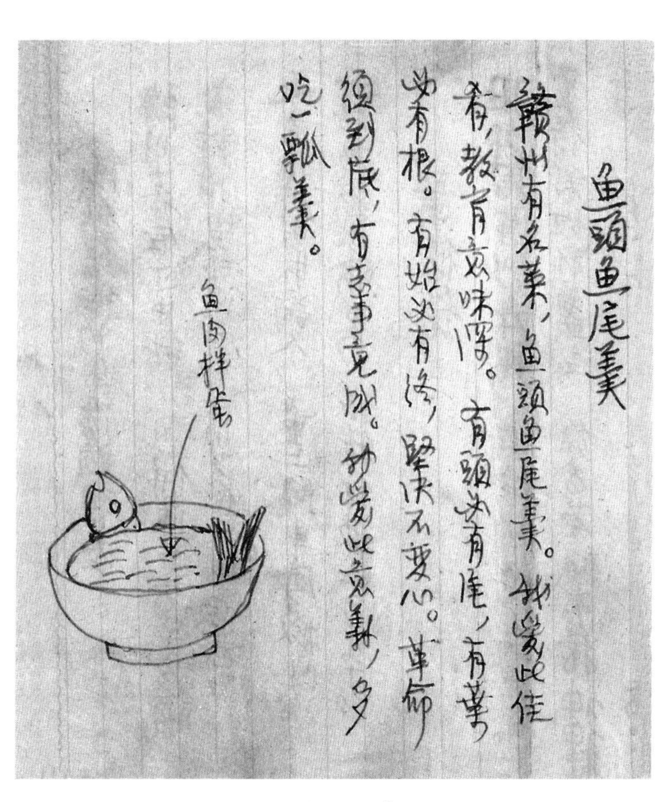
鱼頭鱼尾羹

贛州有名菜，鱼頭鱼尾羹。我爱此佳肴，教育意味深。有頭必有尾，有葉必有根。有始必有終，堅決不变心。革命須到底，有志事竟成。我爱此羹鮮，多吃一瓢羹。

鱼头鱼尾羹

着艰苦奋斗的传统精神，努力于社会主义建设。所以解放以来十二年间，各地的建设迅速发展，有如雨后春笋；日新月异，有如百花竞放。像赣州这八境公园，设计之妥善，布置之新颖，装饰之美观，尤其是地势之优胜，在我们上海是找不出比拟的。我永远不能忘记那天在八境台上的集会：

八境台位在八境公园中曲径通幽之处，建立在一个小山上。是日也，天朗气清，凭栏远眺，可以望见章江和贡江合流的交点。细看波纹，两条江水会合的地方隐约有界线可辨，奔腾澎湃，异途同归，仿佛是井冈山会师的象征，真是天下之伟观！两岸山上树木郁郁苍苍，其间处处露出红色的屋顶来，是工厂及疗养院之类的建筑物。隔江遥望郁孤台，我想起了辛稼轩“郁孤台下清江水，中间多少行人泪”之句，窃笑稼轩当年登台时情怀的凄凉，又窃喜我今天登台时心境的愉快。两江沿岸，青青的作物漫山遍野，说明着赣南土地的肥沃与生产的丰富。听说今年已经遭过两次旱灾和七次水灾，然而一点也没有灾荒的痕迹，这又说明着人民公社的伟力和赣州人民的干劲。当我们在八境台集会的时候，就有一位七十八岁的老翁陈锐朗诵一首七律来欢迎我们。诗云：

济济群贤集上游，登临消尽古今愁。
江分章贡滩声急，雨洗崆峒景色幽。
文化千年留胜迹，物资八面集虔州。
烽烟销仗东风力，世界和平不用忧。

接着有人拿出文房四宝来，要我作画留念。我想，今天这个胜会，草草画几笔不足以纪念；仔细经营描写呢，又为环境和时间所不许。怎么办呢？忽然计上心来，我利用茶会的时间，嗑着瓜子，和了一首诗，迅速地写了一条立幅交卷，并约以后作画补呈。从南昌陪我们来此的潘震亚副省长就扯起了江西调头，把我的和章当众朗诵一遍：

负笈迢迢胜地游，关山易越不须愁。

双江合处三山艳，八境台前五岭幽。

樟木钨沙多特产，英雄战士壮名州。

地灵人杰天时好，远大前程永勿忧。

回寓后我写了一幅双江合流图，送给八境台留念。同人中为此游赋诗填词者甚多。我们此次是为了接受革命传统教育而负笈来游的，但这八境台之会竟成了一个雅集，使得这参观团更加丰富多彩了。

主人殷勤招待，临行前一日又引导我们去游览通天岩。岩在市外十余里之处，不甚高，但是布置设备都很新颖整洁，这也是解放之后重修过的。岩上有石屋，宽广可容数十人坐卧。石屋外面岩壁上雕刻着无数佛像、神像和明、清以来许多游客的题词。其中有一处名曰“忘归岩”，内有两只天然的石床。我试躺一下，觉得很舒服。岩壁上刻着王守仁的题诗：

青山随地佳，岂必故园好？

但得此身闲，尘寰亦蓬岛。

西林日初暮，明月来何早？
醉卧石床凉，洞云秋风扫。

我对步韵发生了兴味，也和了他一首：

石屋何轩敞，坐憩[1]心情好。
雕像满四壁，如入群仙岛。
身在忘归岩，谁肯归去早？
仰卧石床上，碧天净如扫。

次日告别赣州，我在归车中回想；赣州人不但富有革命精神，又富有艺术趣味。风景区建设的优美精致和对来宾招待的殷勤风雅，充分说明着他们的生活的丰富。怪不得连筵席上的一盘羹都含有教育意义和人生情味了。这真是可佩服的，可学习的。我在归车中又填了一阕《菩萨蛮》送给赣州：

① 后来作者将“坐憩”改为“息足”。

郁孤台上秋风袅，虔州圣地双江抱。草木尽生光，山川万里香。

崆峒眉样秀，章贡眼波溜。沃野绿无边，穰穰大有年。

一九六一年十月九日记于上海

我译《源氏物语》[①]

我是四十年前的东京旅客，我非常喜爱日本的风景和人民生活，说起日本，富士山、信浓川、樱花、红叶、神社、鸟居等都浮现到我眼前来。中日两国本来是同种、同文的国家。远在一千九百年前，两国文化早已交流。我们都是席地而坐的人民，都是用筷子吃饭的人民。所以我觉得日本人民比欧美人民更加可亲。过去我有许多日本人的先生和朋友。名画家藤岛武二、三宅克己、大野隆德，已故的日中友好协会副会长内山完造等，我都熟悉。我曾经翻译过日本的文

① 此文原载1962年10月10日香港《文汇报》。作者原来编在这里的是发表于1962年8月号日文版《人民中国》上的日文稿《与日本人民谈〈源氏物语〉翻译工作》，不曾见过中文原稿，两文除开头几句略异外，其他完全相同。故此次我们以此文代之。

学家夏目漱石、石川啄木的小说，以及德富芦花的名作《不如归》。这些译本现今在我国刊印流传，为广大人民所爱读。而在另一方面，我所著的《缘缘堂随笔》，也曾经由日本的文学家吉川幸次郎翻译为日本文；谷崎润一郎曾经在他的随笔《昨今》里评论我的随笔，并向日本读者推荐。原来我们两国人民，风俗习惯互相近似，所以我们互读译文，觉得比读欧美文学的译文更加亲切。

日本在世界上是文化发达最早的国家之一。日本的《古事记》和《日本书纪》，都是一千几百年前的作品，即我国唐朝时代的作品，文章都很富丽典雅，不亚于我们汉唐的古典文学。那时候，欧洲文化还非常幼稚，美洲更谈不到。只有中日两国的文学，早就在世界上大放光辉，一直照耀到几千年后的今日。而日本文学更有一个独得的特色，便是长篇小说的最早出世。日本的《源氏物语》，是公历一〇〇六年左右完成的，是几近一千年前的作品。这是世界上最早的长篇小说。我国的长篇小说《三国演义》和《水浒》、意大利但丁的《神曲》，都比《源氏物语》迟三四百年出世呢。这《源氏物语》是世界文学的珍宝，是日本人民的骄傲！在英国、德国、法国，早已有了译本，早已脍炙人口。而在相亲相近的中国，一向没有译本。直到解放后的今日，方才从事翻译，而这翻译工作正好落在我肩膀上。这在我是一种莫大的光荣！

记得我青年时代，在东京的图书馆里看到古本《源氏物语》。展开来一看，全是古文，不易理解。后来我买了一部与谢野晶子的现代语译本，读了一遍觉得很像中国的《红楼梦》，人物众多，情节离奇，描写细致，含义丰富，令人不忍释手。读后我便发心学习日本古文。记得我曾经把第一回“桐壶”读得烂熟。起初觉得这古文往往没有主语，字句太简单，难于理会；后来渐渐体会到古文的好处，所谓“言简意繁”，有似中国的《论语》、《左传》或《檀弓》。当时我曾经希望把它译成中国文。然而那时候我正热衷于美术、音乐，不能下此决心，况且这部巨著长达百余万字，奔走于衣食的我，哪里有条件从事这庞大的工作呢？

長しとも思ひぞはてぬ昔より
逢ふ人からの秋の夜なれば

秋宵長短原無定
但看逢人疏与親

古今集卷十三

今日のみと春を思はぬ時だにも
立つことやすき花の蔭かは

今朝即使非春盡
也傍花陰不肯歸

古今集卷二

源氏物語引歌　乙巳譯并書

源氏物语引歌

结果这希望只有梦想而已。岂知过了四十年，这梦想竟变成了事实，这是多么可喜可庆的事！

我国人民政府一向维护中日友好，重视日本古典文学。解放后十余年，民生安定，国本巩固之后，便大力从事文艺建设，借以弥补旧时代的缺陷。关于日本古典文学介绍方面，首先提出的是《源氏物语》。经过出版当局的研究考虑，结果把这任务交给了我。我因有上述的前缘，欣然受任，已于去年秋天开始翻译，到现在已经完成了六回。全书五十四回，预计三年左右可以译毕，一九六五年左右可以出书。我预料这计划一定会实现。

关于《源氏物语》的参考书，在日本不下数十种之多，大部分我已经办到，并且读过。在译本中，我认为谷崎润一郎最为精当：既易于理解，又忠于古文，不失作者紫式部原有的风格。然其他各本，亦各有其长处，都可供我参考。我执笔时，常常发生亲切之感。因为这书中常常引用我们唐朝诗人白居易等的诗句，又看到日本古代女子能读我国的古文《史记》、《汉书》

和“五经”（《易经》、《书经》、《诗经》、《礼记》、《春秋》）；而在插图中，又看见日本平安时代的人物衣冠和我国唐朝非常相似。所以我译述时的心情，和往年译述俄罗斯古典文学时不同，仿佛是在译述我国自己的古书。我相信这译文会比西洋文的译文自然些，流畅些。但也难免有困难之处，举一个例：日本文中，樱花的“花”和口鼻的“鼻”都称为“hana”。《源氏物语》中有一个女子，鼻尖上有一点红色，源氏公子便称这女子为“末摘花”，而用咏花的诗句来暗中讥笑这女子的鼻子，非常富有风趣。但在中国文中，不可能表达这种风趣。我只能用注解来说明。然而一用注解便煞风景了。在短歌中，此种例子不胜枚举，我都无法对付，真是一种遗憾。为了避免注解的煞风景，我有时不拘泥短歌中的字义，而另用一种适当的中国文来表达原诗的神趣。这尝试是否成功，在我心中还是一个问题。

现在我已译完第六回“末摘花”，今后即将开始翻译第七回“红叶贺”。说起红叶，我又惦念起日本来。

樱花和红叶，是日本有名的“春红秋艳”。我在日本滞留的那一年，曾到各处欣赏红叶。记得有一次在江之岛，坐在红叶底下眺望大海，饮正宗酒。其时天风振袖，水光接天；十里红树，如锦如绣。三杯之后，我浑忘尘劳，几疑身在神仙世界了。四十年来，这甘美的回忆时时闪现在我心头。今后我在翻译《源氏物语》的三年之间，一定会不断地回想日本的风景和日本人民的风韵闲雅的生活。我希望这东方特有的优良传统永远保留在日本人民的生活中。

〔1962年〕

阿咪[①]

阿咪者，小白猫也。十五年前我曾为大白猫“白象”写文。白象死后又曾养一黄猫，并未为它写文。最近来了这阿咪，似觉非写不可了。盖在黄猫时代我早有所感，想再度替猫写照。但念此种文章，无益于世道人心，不写也罢。黄猫短命而死之后，写文之念遂消。直至最近，友人送了我这阿咪，此念复萌，不可遏止。率尔命笔，也顾不得世道人心了。

阿咪之父是中国猫，之母是外国猫。故阿咪毛甚长，有似兔子。想是秉承母教之故，态度异常活泼，除睡觉外，竟无片刻静止。地上倘有一物，便是它的

① 本篇原载1962年8月《上海文学》第35期。

游戏伴侣，百玩不厌。人倘理睬它一下，它就用姿态动作代替言语，和你大打交道。此时你即使有要事在身，也只得暂时撇开，与它应酬一下；即使有懊恼在心，也自会忘怀一切，笑逐颜开。哭的孩子看见了阿咪，会破涕为笑呢。

我家平日只有四个大人和半个小孩。半个小孩者，便是我女儿的干女儿，住在隔壁，每星期三天宿在家里，四天宿在这里，但白天总是上学。因此，我家白昼往往岑寂，写作的埋头写作，做家务的专心家务，肃静无声，有时竟像修道院。自从来了阿咪，家中忽然热闹了。厨房里常有保姆的话声或骂声，其对象便是阿咪。室中常有陌生的笑谈声，是送信人或邮递员在欣赏阿咪。来客之中，送信人及邮递员最是枯燥，往往交了信件就走，绝少开口谈话。自从家里有了阿咪，这些客人亲昵得多了。常常因猫而问长问短，有说有笑，送出了信件还是留连不忍遽去。

访客之中，有的也很枯燥无味。他们是为公事或私事或礼貌而来的，谈话有的规矩严肃，有的啰苏疙瘩，有的虚空无聊，谈完了天气之后只得默守冷场。然而自从来了阿咪，我们的谈话有了插曲，有了调节，主客都舒畅了。有一个为正经而来的客人，正在侃侃而谈之时，看见阿咪姗姗而来，注意力便被吸引，不能再谈下去，甚至我问他也不回答了。又有一个客人向我叙述一件颇伤脑筋之事，谈话冗长曲折，连听者也很吃力。谈至中途，阿咪蹦跳而来，无端地仰卧在我面前了。这客人正在愤慨之际，忽然转怒为喜，停止发言，赞道："这猫很有趣！"便欣赏它，抚弄它，获得了片时的休息与调节。有一个客人带了个孩子来。我们谈话，孩子不感兴味，在旁枯坐。我家此时没有小主人可陪小客人，我正抱歉，忽然阿咪从沙发下钻出，抱住了我的脚。于是大小客人共同欣赏阿咪，三人就团结一气了。后来我应酬大客人，阿咪替我招待小客人，我这主人就放心了。原来小朋友最爱猫，和它厮伴半天，也不厌倦；甚至被它抓出了血也情愿。因为他们有一共通性：活泼好动。女孩子更喜欢猫，

小猫亲人

逗它玩它，抱它喂它，劳而不怨。因为她们也有个共通性：娇痴亲昵。

写到这里，我回想起已故的黄猫来了。这猫名叫“猫伯伯”。在我们故乡，伯伯不一定是尊称。我们称鬼为“鬼伯伯”，称贼为“贼伯伯”。故猫也不妨称为“猫伯伯”。大约对于特殊而引人注目的人物，都可讥讽地称之为伯伯。这猫的确是特殊而引人注目的。我的女儿最喜欢它。有时她正在写稿，忽然猫伯伯跳上书桌来，面对着她，端端正正地坐在稿纸上了。她不忍驱逐，就放下了笔，和它玩耍一会。有时它竟盘拢身体，就在稿纸上睡觉了，身体仿佛一堆牛粪，正好装满了一张稿纸。有一天，来了一位难得光临的贵客。我正襟危坐，专心应对。“久仰久仰”，“岂敢岂敢”，有似演剧。忽然猫伯伯跳上矮桌来，嗅嗅贵客的衣袖。我觉得太唐突，想赶走它。贵客却抚它的背，极口称赞：“这猫真好！”话头转向了猫，紧张的演剧就变成了和乐的闲谈。后来我把猫伯伯抱开，放在地上，希望它去了，好让我们演完这一幕。岂知过得不久，忽然猫伯伯跳到沙发背后，迅速地爬上贵客的背脊，端端正正地坐在他的后颈上了！这贵客身体魁梧奇伟，背脊颇有些驼，坐着喝茶时，猫伯伯看来是个小山坡，爬上去很不吃力。此时我但见贵客的天官赐福的面孔上方，露出一个威风凛凛的猫头，画出来真好看呢！我以主人口气呵斥猫伯伯的无礼，一面起身捉猫。但贵客摇手阻止，把头低下，使山坡平坦些，让猫伯伯坐得舒服。如此甚好，我也何必做煞风景的主人呢？于是主客关系亲密起来，交情深入了一步。

可知猫是男女老幼一切人民大家喜爱的动物。猫的可爱，可说是群众意见。而实际上，如上所述，猫的确能化岑寂为热闹，变枯燥为生趣，转懊恼为欢笑；能助人亲善，教人团结。即使不捕老鼠，也有功于人生。那么我今为猫写照，恐是未可厚非之事吧？猫伯伯行年四岁，短命而死。这阿咪青春尚只三个月。希望它长寿健康，像我老家的老猫一样，活到十八岁。这老猫是我的父亲的爱物。父亲晚酌时，它总是端坐在酒壶边。父亲常常摘些豆腐干喂它。六十年前之事，今犹历历在目呢。

壬寅〔1962〕年仲夏于上海作

天童寺忆雪舟[①]

春到江南，百花齐放。我动了游兴，就在三月中风和日暖的一天，乘轮船到宁波去作旅行写生了。

宁波是我旧游之地，然而一别已有二十多年，走入市区，但觉面目一新，完全不可复识了。从前的木造老江桥现在已变成钢架大桥，从前的小屋现已变成层楼，从前的石子路现已变成柏油马路……街上车水马龙，商店百货山积。二十多年不见，这老朋友已经返老还童了！

我是来作旅行写生的，希望看看风景，首先想起有名的天童寺。这千年古刹除风景优胜之外，对我还

① 本篇原载1963年4月24日香港《新晚报》。

有一点吸引力：这是日本有名的画僧雪舟等杨驻锡之处，因此天童二字带着美术的香气。我看过宁波市区后，次日即驱车赴天童寺。

天童寺离市区约五十里，小汽车一小时即到。将近寺院，一路上长松夹道，荫蔽天日；松风之声，有如海潮。走进山门，但见殿宇巍峨，金碧辉煌，庄严七宝，香气氤氲。寺屋大小不下数百间，都布置得清楚齐整，了无纤尘。寺址在山坡上，层层而上，从最高的罗汉堂中可以望见寺院全景。我凭栏俯瞰，想象五百年前曾有一位日本高僧兼大画家住在这里，不知哪一个房间是他的起居坐卧作画之处。古人云："登高望远，令人心悲。"我现在是登高怀古，不胜憧憬！

在寺吃素斋后，与同游诸人及僧众闲谈，始知此寺已有千余年历史，其间两次遭大火，一次遭山洪，因此文物损失殆尽，现在已经没有雪舟的纪念物了。但同游诸人都知道雪舟之名，因为一九五六年雪舟逝世四百五十年纪念，上海曾经开过雪舟遗作展览会，我曾经作文在报上介绍。我们就闲谈雪舟的往事。僧众听了，都很高兴，庆幸他们远古时具有这一段美术胜缘。我所知道的雪舟是这样：

雪舟姓小田，名等杨，是十五世纪日本有名画僧，是日本“宋元水墨画派”的代表作家。日本人所宗奉的中国水墨画家，是宋朝的马远与夏圭。雪舟要探访这画派的发源地，曾随日本的遣唐使来华，其时正是明朝宪宗年间。明朝宫廷办有画院，画家都封官职。明代名画家戴文进、倪端、李在、王谔等，都是画院里的人。李在是马远、夏圭的嫡派，雪舟一到北京，就拜李在为师，专心学习水墨画。他一方面临摹古画，一方面自己创作。经过若干时之后，他忽然悟到：作画不能专看古人及别人之作，必须师法大自然，从现实中汲取画材。于是离开北京，遍游中国名山大川。后来到了浙江宁波，看见这天童寺地势佳胜，风景优美，就在这寺里当了和尚。僧众尊崇他，称他为“天童第一座”。他在天童寺一面礼佛，一面研究绘画，若干时之后，画道大进。明宪宗闻知了，就召他进宫，请他为礼部院作壁画。这壁画画得极好，见者无不赞叹。于是求雪舟作画的人越来越多，使得他应接不暇。他在中国住了约四年，然后回国，他在这四年间与中国人结了不少翰墨因缘。

我又想起了雪舟的两种逸话，乘兴也讲给大家听。

有一个中国人求雪舟一幅画，要求他画日本风景。雪舟就画日本田之浦地方的清见寺的风景，其中有个宝塔，亭亭独立，非常美观。后来雪舟返国，来到田之浦，一看，清见寺旁边并没有宝塔。大约是原来有塔，后来坍倒了。雪舟想起了在中国应嘱所写的那幅画，觉得不符现实，很不称心。他就自己拿出钱来，在清见寺旁边新造一个宝塔，使实景和他的画相符合。于此可见他作画非常注重反映现实。

雪舟十二三岁就做和尚。但他不喜诵经念佛，专爱描画。他的师父命令他诵经，他等师父去了，便把经书丢开，偷偷地拿出画具来描画。有一次他正在描画，师父忽然来了。师父大怒，拉住他的耳朵，到大殿里，用绳子把他绑在柱子上，不许他行动和吃饭。雪舟很苦痛，呜咽地哭泣，眼泪滴在面前的地上。滴

雪舟偷偷地学画

雪舟用脚指头蘸眼泪水画老鼠

得多了，形状约略像个动物。雪舟便用脚趾蘸眼泪作画，画一只老鼠。即将画成的时候，师父悄悄地走来了。他站在雪舟背后，看见地上一只老鼠正在咬雪舟的脚趾。仔细一看，原来是画。因为画得很好，师父以为是真的老鼠。这时候师父才认识了他的绘画天才，便释放他，从此任凭他自由学画。这便是这大画家发迹的第一步。

我们谈了许多旧话之后，就由寺僧引导，攀登寺旁的玲珑岩，欣赏松涛。那里有老松千百株，郁郁苍苍，犹似一片绿海。松风之声，时起时伏，亦与海涛相似。有亭翼然，署曰“听涛”，是我所手书的。寺僧告我，某树是宋代之物，某树是元代之物。我想：某些树一定是曾经见过雪舟，可惜它们不肯说话，不然，关于这位画僧我们可以得知更多的史实。

一九六三年三月于上海

不肯去观音院[①]

普陀山，是舟山群岛中的一个岛，岛上寺院甚多，自古以来是佛教胜地，香火不绝。浙江人有一句老话：“行一善事，比南海普陀去烧香更好。”可知南海普陀去烧香是一大功德。因为古代没有汽船，只有帆船；而渡海到普陀岛，风浪甚大，旅途艰苦，所以功德很大。现在有了汽船，交通很方便了，但一般信佛的老太太依旧认为一大功德。

我赴宁波旅行写生，因见春光明媚，又觉身体健好，游兴浓厚，便不肯回上海，却转赴普陀去“借佛游春”了。我童年时到过普陀，屈指计算，已有五十

① 本篇原载1963年4月13日香港《新晚报》。

年不曾重游了。事隔半个世纪，加之以解放后普陀寺庙都修理得崭新，所以重游竟同初游一样，印象非常新鲜。

我从宁波乘船到定海，行程三小时，从定海坐汽车到沈家门，五十分钟；再从沈家门乘轮船到普陀，只费半小时。其时正值二月十九观世音菩萨生日，香客非常热闹，买香烛要排队，各寺院客房客满。但我不住寺院，住在定海专署所办的招待所中，倒很清静。

我游了四个主要的寺院：前寺、后寺、佛顶山、紫竹林。前寺是普陀的领导寺院，殿宇最为高大。后寺略小而设备庄严，千年以上的古木甚多。佛顶山有一千多石级，山顶常没在云雾中，登楼可以俯瞰普陀全岛，遥望东洋大海。紫竹林位在海边，屋宇较小，内供观音，住居者尽是尼僧；近旁有潮音洞，每逢潮涨，涛声异常宏亮。寺后有竹林，竹竿皆紫色。我曾折了一根细枝，藏在衣袋里，带回去作纪念品。这四个寺院都有悠久的历史，都有名贵的古物。我曾经参观两只极大的饭锅，每锅可容八九担米，可供千人吃饭，故名曰“千人锅”。我用手杖量量，其直径约有两手杖。我又参观了一只七千斤重的钟，其声宏大悠久，全山可以听见。

这四个主要寺院中，紫竹林比较的最为低小；然而它的历史在全山最为悠久，是普陀最初的一个寺院。而且这开国元勋与日本人有关。有一个故事，是紫竹林的一个尼僧告诉我的，她还有一篇记载挂在客厅里呢。这故事是这样：

千余年前，后梁时代，即公历九百年左右，日本有一位高僧，名叫慧锷的，乘帆船来华，到五台山请得了一位观世音菩萨像，将载回日本去供养。那帆船开到莲花洋地方，忽然开不动了，这慧锷法师就向观音菩萨祷告：“菩萨如果不肯到日本去，随便菩萨要到哪里，我和尚就跟到哪里，终身供养。”祷告毕，帆船果然开动了。随风飘泊，一直来到了普陀岛的潮音洞旁边。慧锷法师便捧菩萨像登陆。此时普陀全无寺院，只有居民。有一个姓张的居民，知道日本僧人从五台山请观音来此，就捐献几间房屋，给他供养观音像。又替这房屋取个名字，叫做“不肯去观音院”。慧锷法师就在这不肯去观音院内终老。这不肯去观音院是普陀第一所寺院，是紫竹林的前身。紫竹林这名字是后来改的。有一个人为不肯去观音院题一首诗：

借问观世音，因何不肯去？
为渡大中华，有缘来此地。

如此看来，普陀这千余年来的佛教名胜之地，是由日本人创始的。可见中日两国人民自古就互相交往，具有密切的关系。我此次出游，在宁波天童寺想起了五百年前在此寺作画的雪舟，在普陀又听到了创造寺院的慧锷。一次旅行，遇到了两件与日本有关的事情，这也可证明中日两国人民关系之多了。不仅古代而已，现在也是如此。我经过定海，参观鱼场时，听见渔民说起：近年来海面常有飓风暴发，将渔船吹到日本，日本的渔民就招待这些中国渔民，等到风息之后护送他们回到定海。有时日本的渔船也被飓风吹到中国来，中国的渔民也招待他们，护送他们回国。劳动人民本来是一家人。

不肯去观音院左旁，海边上有很长、很广、很平的沙滩。较小的一处叫做“百步沙”，较大的一处叫做“千步沙”。潮水不来时，我们就在沙上行走。脚踏到沙上，软绵绵的，比踏在芳草地上更加舒服。走了一阵，回头望望，看见自己的足迹连成一根长长的线，把平净如镜的沙面划破，似觉很可惜的。沙地上常有各种各样的贝壳，同游的人大家寻找拾集，我也拾了一个藏在衣袋里，带回去作纪念品。为了拾贝壳，把一片平沙踩得破破烂烂，很对它不起。然而第二天再来看看，依旧平净如镜，一点伤痕也没有了。我对这些沙滩颇感兴趣，不亚于四大寺院。

离开普陀山，我在路途中作了两首诗，记录在下面：

一别名山五十春，重游佛顶喜新晴。

东风吹起千岩浪，好似长征奏凯声。

海不扬波

寺寺烧香拜跪勤，庄严宝岛气氤氲。
观音颔首弥陀笑，喜见群生乐太平。

回到家里，摸摸衣袋，发见一个贝壳和一根紫竹，联想起了普陀的不肯去观音院，便写这篇随笔。

一九六三年清明节于上海